# LA CONSTELLATION DU CHÈVRAUROCHS

*Fazil Iskander*

# La Constellation du chèvraurochs

*Traduit du russe*
*par Andrée Robel*

MESSIDOR

Cet ouvrage a été publié en U.R.S.S. sous le titre :

**СОЗВЕЗДИЕ КОЗЛОТУРА**


ISBN 2-209-06391-4

Un beau jour, je fus mis à la porte du journal de Russie Centrale où je travaillais depuis plusieurs mois. J'avais été affecté d'office à ce poste à la fin de mes études journalistiques.

Figurez-vous que par un diabolique concours de circonstances, mon rédacteur en chef écrivait des vers. Non content de se livrer à cette poétique occupation, il publiait ses productions sous un nom d'emprunt par respect pour les autorités locales, précaution parfaitement superflue d'ailleurs étant donné que lesdites autorités savaient qu'il était poète mais lui pardonnaient volontiers ce petit travers fort excusable chez un rédacteur en chef de publications pour la jeunesse.

Malheureusement pour moi, j'ignorais cette histoire de pseudonyme et, sacrilège, à la première réunion du comité de rédaction, je me permis de critiquer un poème paru dans le journal. Je le critiquai sans méchanceté aucune, quoique à vrai dire avec une pointe de snobisme moscovite pardonnable chez un frais émoulu de l'Université de la capitale.

Lors de cette malencontreuse intervention, je notai du coin de l'œil l'expression bizarre de mes collègues sans lui attacher d'importance particulière. Je les croyais au contraire épatés par la subtilité de mon argumentation.

Et peut-être me serais-je trouvé incontinent sur le pavé, n'eût été un petit détail. Ce poème écrit au nom d'un Komsomol rural vantait les avantages de la machine à arracher les pommes de terre par rapport à l'arrachage manuel.

Par candeur d'âme, j'avais estimé qu'il s'agissait d'une de ces innombrables rimailleries dont toutes les rédactions étaient submergées, et à la fin de mon intervention, désireux de ne point trop offenser l'auteur, j'avais déclaré que pour un Komsomol local, ma foi, c'était assez bien tourné.

Par la suite, je m'abstins prudemment de critiquer les créations de notre rédacteur en chef, mais celui-ci ne m'accordait qu'une confiance limitée, persuadé que je continuais à médire de lui dans les coulisses.

Tout compte fait, je crois qu'il avait décidé à juste raison que pour un journal comme le nôtre, un seul poète, c'était largement assez. Et il savait parfaitement, aussi bien que moi, qui devait être cet heureux élu.

Au printemps, on lança la campagne pour la réduction des effectifs et je fus la victime toute désignée de la Commission de la Hache. Si le printemps est l'époque rêvée pour réduire les effectifs, il n'est pas du tout la saison propice pour quitter sa bien-aimée.

Car j'étais amoureux d'une jeune fille qui dans la journée était comptable dans une administration militaire et dans la soirée suivait des cours de perfectionnement. Entre ces deux absorbantes activités, elle trouvait encore le temps de fixer des rendez-vous. Hélas, pas seulement à moi ! Elle éparpillait ses rendez-vous comme autant de fleurs.

On peut affirmer qu'en ses jeunes années elle traversait la vie chargée d'un énorme bouquet de fleurs qu'elle distribuait négligemment à droite et à gauche. Chacun de ceux qui en avaient obtenu une se considérait comme le futur propriétaire de l'ensemble du bouquet, ce qui était la cause de multiples quiproquos.

Un beau jour, elle me donna rendez-vous dans un jardin public et nous nous promenions depuis quelques minutes dans les allées bordées de vieux et puissants tilleuls. La soirée était enchanteresse, avec les flonflons de la musique au loin, les feuilles mortes qui craquaient sous nos pas, son visage vif et rieur qui se diluait dans les ténèbres.

Nous quittâmes l'allée pour la piste de danse éclairée par une lanterne. J'avisai alors un groupe de jeunes gens. L'un d'eux, la mine extrêmement sombre, quitta ses compagnons et se dirigea vers nous. Ce visage sinistre me déplut si fortement que j'eusse préféré voir n'importe quel autre garçon s'approcher de nous plutôt que celui-ci.

Marchant d'un pas silencieux, sans la moindre parole, il balança à ma compagne une superbe gifle. Je me précipitai sur lui, un corps à corps s'engagea, mais les autres jeunes gens s'en mêlèrent et tout fut gâché. Je fus jeté à terre et malmené. C'est ainsi que de nos jours on arrête ou prévient les duels.

J'appris qu'elle lui avait fixé rendez-vous dans le même jardin et presque à la même heure que moi.

— Soit, passons, mais pourquoi dans le même jardin ? lui demandai-je en cherchant un minimum de logique dans son comportement.

— Je ne sais pas, répondit-elle en riant et en époussetant mon veston d'un geste tendre, d'ailleurs moi aussi j'en ai pris pour mon grade...

Je la regardai et pensai avec douleur que tout lui allait : la gifle avait rendu son visage plus charmant encore.

Nous avions l'impression qu'un commandant d'âge mûr la poursuivait de ses assiduités. Elle parlait souvent de lui en riant et cela m'inquiétait. Je savais que si une jeune personne riait un peu trop de son soupirant et que si celui-ci était par trop persévérant, elle risquait tout bonnement de l'épouser sous le prétexte qu'elle le trouvait drôle. Et j'avais la certitude que le commandant était un homme persévérant.

Cela n'était guère fait pour favoriser mon zèle journalistique et offrait le prétexte rêvé à mon rédacteur en chef pour réaliser ses secrets desseins.

Afin de dissimuler sa partialité à mon endroit, il licencia en même temps que moi la femme de ménage, alors qu'il aurait dû mettre à la porte les deux chauffeurs du journal qui n'en fichaient pas une ramée, vu qu'à la suite de la campagne pour l'économie du carburant lancée un mois auparavant, on avait cessé de leur délivrer de l'essence. Atteints de flemmingite aiguë, ils se laissaient pousser la barbe et, des journées entières, sans prendre la peine d'ôter leur manteau, ils jouaient aux dames sur le canapé de la salle de rédaction, la face torve et convulsée par une gueule de bois inguérissable.

Chaque fois qu'il était possible de réaliser un reportage dans la journée, nous partions généralement pour plusieurs jours parce que la campagne pour la compression des frais de déplacement n'avait pas encore été lancée.

Donc, je fus licencié et décidai de regagner la terre qui m'avait donné le jour. La rédaction me dédommagea généreusement. Je touchai d'un coup mon salaire, de vagues indemnités de congés payés et les honoraires de mes derniers papiers. Pour moi qui avais toujours vécu avec une maigre bourse d'étudiant, c'était le Pérou, et je décidai que je pourrais vivre en toute indépendance pendant deux bons mois. Pour la dernière fois, j'allai accompagner ma bien-aimée à son cours du soir.

— Ecris-moi sans faute, me dit-elle et, me décochant un ultime et éblouissant sourire, elle disparut dans l'échancrure sombre de l'école.

J'estimais qu'un amour comme le nôtre ignorait le temps de la séparation. Malgré cela, la vaillance de mon amie ne laissait pas de me froisser un peu, j'aurais aimé avoir des signes plus tangibles de son attachement que ce doux sourire.

Je passai la soirée sur un banc du jardin public, méditant sur mon existence passée et rêvant à l'avenir. Le banc était humide, le jardin fané, nu et froid. Le haut-parleur se mit inopinément à diffuser la chanson de Solweig. J'aurais pu à ce moment-là et sans le moindre mal placer l'âme de Solweig dans le corps de ma charmante amie, d'un geste léger, discret, à la dérobée.

Non, pensai-je, le monde dans lequel cette chanson a été composée, si coupable soit-il, a droit au bonheur et il sera heureux !

Trêve de frivolités ! Il faut participer à la transformation du monde, il est temps que je devienne adulte, que je me trouve un travail, dans un vrai journal pour grandes personnes où chacun s'occupe de vraies affaires de grandes personnes.

Je dois préciser qu'à cette époque, mis à part mon licenciement, j'en avais réellement par-dessus la tête du vocabulaire pseudo-jeune du journal, de son allant factice et inutile.

A quelque chose malheur est bon, me dis-je, à présent, je vais devenir un véritable journaliste, elle comprendra beaucoup de choses et saura m'apprécier.

Je ne voyais que fort confusément ce qu'elle comprendrait; par contre, j'étais certain qu'elle m'apprécierait à ma juste valeur.

Mes amis m'accompagnèrent au train de nuit. Réchauffé par leurs touchants adieux, je me rendais à Moscou pour descendre de là dans ma patrie, dans les terres bénies du Midi.

Dans la capitale, je parvins à placer une poésie, ce qui à l'époque, constituait un grand exploit. Je faisais d'une pierre deux coups : d'un côté, je portais un affront à mon ex-chef qui, lui, n'était pas publié à Moscou. De l'autre, mon poème me précédait en Abkhazie où il était appelé à jouer le rôle de carte de visite pour les *Subtropiques Rouges* où j'ambitionnais une place.

— Oui, oui, nous l'avons lu, me dit Avtandil Avtandilévitch, le rédacteur en chef, dès qu'il m'aperçut dans le couloir du journal. N'aurais-tu pas l'intention de revenir dans nos régions ?

Il s'imaginait que j'étais en vacances.

— Oui, répondis-je, et nous nous mîmes aussitôt d'accord. Il s'engageait à m'embaucher dès qu'un de ses journalistes prendrait sa retraite.

En attendant, et ce pendant près d'un mois, je vaquais sur les plages désertes, m'évertuant à traduire en vers mes méditations quelque peu moroses. Mes deux lettres étaient restées sans réponse, et je gardais depuis un silence gorgé d'amour-propre. A la vérité, j'avais écrit une autre lettre à un de mes anciens collègues. Je lui disais sans avoir l'air d'y toucher que j'avais été admis dans un vrai journal de grandes personnes où je lui demandais de me donner de ses nouvelles, si jamais l'envie lui en prenait.

Je lui disais aussi que s'il avait l'occasion de rencontrer des amis dans la rue, il serait bien gentil de leur en parler à condition qu'il jugeât la chose opportune. A la fin de la lettre, je lui demandais de saluer de ma part tous les collègues sans exception. J'étais sûr d'avoir donné à ma missive un ton serein, à peine teinté de sagesse condescendante.

L'air de la patrie imprégné des forts effluves marins et du doux et gracieux arôme des glycines en fleur eut un effet lénifiant sur mon âme. Il est possible que l'iode contenu dans l'atmosphère maritime guérisse les blessures morales aussi bien que physiques. A longueur de journée, je me rôtissais délicieusement sur la plage. Parfois de petits groupes de séducteurs abkhaziens passaient près de moi. Ils examinaient la plage d'un œil de propriétaire, l'étudiaient comme l'eussent fait des généraux du relief des lieux où devaient bientôt se dérouler de mémorables batailles.

Finalement, le rédacteur des *Subtropiques Rouges* qui avait atteint l'âge de la retraite consentit à me laisser sa place; je dois dire qu'à ce moment on menait campagne pour la mise à la retraite des ayants droit. Jusque-là il se cramponnait à sa place, mais après ce mouvement, il capitula. Il y eut une touchante cérémonie au cours de laquelle on lui fit présent d'un canot pneumatique. Il profita de l'occasion pour faire comprendre qu'un attirail de pêche ne lui déplairait pas, mais le comité fit la sourde oreille, l'achat du canot pneumatique ayant mis la caisse à sec...

Si je vous donne une telle profusion de détails, c'est parce que vous auriez pu croire que je lui avais fauché sa place, alors qu'en réalité j'avais été embauché en qualité de cadre abkhazien déjà pourvu d'un logement.

Je connaissais depuis plusieurs années les journalistes des *Subtropiques Rouges*; lorsque je venais passer mes vacances au pays, j'avais maintes fois tenté de les intéresser à mes productions littéraires. Si je n'y étais jamais parvenu, j'avais eu du moins le loisir de faire plus ou moins leur connaissance.

En tout état de cause, je savais qu'Avtandil Avtandilévitch, mon nouveau supérieur hiérarchique, n'avait jamais fait de poème et qu'il n'en avait pas la moindre intention... Mieux encore, si ma mémoire est fidèle, je ne l'ai même jamais vu écrire une seule ligne.

De par sa nature même, c'était un homme promis

à la plus haute carrière. Comme mes compatriotes, il possédait des talents innés de bon vivant. Sa haute taille, sa chevelure bouclée, son physique viril, rendaient sa présence aussi indispensable à une table de banquet qu'à celle du présidium, les jours d'assemblées générales. Il parlait couramment toutes les langues du Caucase et les toasts qu'il portait n'avaient pas besoin d'être traduits.

Avant d'être rédacteur en chef, il régnait sur l'industrie locale, évidemment à l'échelle de notre petite mais sympathique république autonome. Comme il s'acquittait fort bien de ses fonctions, il fallut à tout prix lui donner de l'avancement; on ne trouva alors rien de mieux que de le bombarder rédacteur en chef des *Subtropiques Rouges*. Grâce à ses talents naturels de dirigeant de large envergure, il se montra bientôt à la hauteur de sa tâche. Il fit preuve d'une prodigieuse diligence, à telle enseigne que le journal publia régulièrement des éditoriaux sur les thèmes n° 1 de l'industrie et de l'agriculture le même jour que les journaux centraux et parfois même un jour plus tôt.

Je rêvais d'entrer à la Section Agriculture. Mon vœu fut exaucé. Des réformes révolutionnaires étaient en cours dans ce domaine. Je désirais connaître à fond cette branche, comprendre à quoi chaque initiative menait et apprendre ainsi mon métier sur le bout des doigts. Le chef de la Section s'appelait Platon Samsonovitch.

Que ce nom-là ne vous surprenne point ! En Abkhazie, ces noms existent à la pelle et datent vraisemblablement de la colonisation grecque et romaine.

Je le connaissais depuis longtemps; c'était un brave homme, doux et paisible, avec qui je faisais de formidablels parties de pêche. Il n'existait pas sur toute la côte pêcheur plus expérimenté et adroit que lui.

Mais à l'époque où j'entrai à la rédaction, je le trouvai totalement métamorphosé : il ne pêchait plus, il avait même vendu son bateau. Il arpentait les couloirs du journal, la mine excitée, fiévreuse, une lueur sombre dans les yeux, les lèvres serrées d'un air significatif. Il avait toujours été petit quoique sec et solide. A présent, il était plus sec encore, décharné et comme électrisé.

Tout ceci parce que la campagne pour l'élevage des chèvraurochs battait son plein dans la région et qu'il en avait été le premier propagandiste.

Deux ans plus tôt, Platon Samsonovitch s'était rendu dans un Parc national situé dans les montagnes d'où il avait rapporté un petit article expliquant qu'un sélectionneur avait réussit à croiser un aurochs des montagnes avec une chèvre domestique. Le premier chèvraurochs était né. Il paissait bien sagement au milieu du troupeau de chèvres sans soupçonner l'avenir exceptionnel auquel il était promis.

Nul ne prêta attention à cette nouvelle, à l'exception d'un gros bonnet, pas un ministre, non, mais tout comme, qui passait chaque année ses vacances au Cap Orange. Ayant lu, il proféra à haute et intelligible voix :

— Initiative intéressante, soit dit en passant...

Il est malaisé d'établir à présent s'il avait émis cette remarque à l'intention de son entourage ou si elle lui avait échappé par mégarde. Toujours est-il que le lendemain, Avtandil Avtandilévitch recevait un coup de téléphone :

— Toutes mes félicitations. Il a assuré qu'il s'agissait d'une initiative intéressante, soit dit en passant...

Avtandil Avtandilévitch convoqua dare-dare l'équipe du journal et dans une ambiance de fête, il adressa ses félicitations à Platon Samsonovitch. Il s'empressa de l'envoyer dans le Parc national flanqué du photo-reporter avec mission d'en rapporter un grand papier sur la vie des chèvraurochs.

— Il n'est pas exclu que dans l'avenir les chèvraurochs viennent occuper une place de choix dans notre économie, déclara-t-il en guise de conclusion.

Une semaine plus tard paraissait un reportage intitulé « Une initiative intéressante, soit dit en passant ». Il occupait les six colonnes à la une et était assorti de grandes photos du chèvraurochs de face et de profil. De profil, la tête du chèvraurochs ressemblait à une figure d'aristocrate dégénéré à la lèvre inférieure pendante dans une moue sceptique.

De face, sa tête ornée de cornes puissantes, magnifiquement enroulées, exprimait une certaine perplexité. On eût dit que l'infortuné animal n'arrivait pas à comprendre qui il était pour de bon : chèvre ou aurochs, ou mieux encore s'il devait devenir chèvre ou rester aurochs.

L'article parlait en long et en large de sa ration journalière, de son touchant attachement pour l'homme. Et surtout de ses avantages par rapport à la chèvre domestique.

Premièrement, il était en moyenne deux fois plus lourd qu'elle (le problème de la viande était réglé);

deuxièmement, il se distinguait par sa constitution exceptionnellement robuste, ce qui lui permettrait à l'avenir de paître pratiquement sans danger sur les pentes les plus abruptes. A cet endroit, on signalait que grâce au caractère doux et paisible de l'animal, un seul berger serait capable de surveiller un troupeau de deux mille têtes.

Platon Samsonovitch décrivait d'un ton enjoué la toison du chèvraurochs. Cette laine épaisse d'une coloration blanc cendré constituait un cadeau supplémentaire pour l'industrie légère soviétique. Il expliquait que la femme du sélectionneur s'était tricoté une jaquette qui somme toute n'était pas plus vilaine que les jerseys d'importation. « Les coquettes seront contentes », affirmait-il.

L'article notait enfin que le chèvraurochs savait sauter aussi haut que son illustre ascendante et que ses cornes étaient fort jolies; une fois sculptées, elles pourraient servir d'objets décoratifs ou de souvenirs pour les touristes et les visiteurs étrangers amis de l'U.R.S.S.

J'ai compulsé tous les articles consacrés au chèvraurochs et je dois dire que ce reportage était le plus pittoresque de tous. Platon Samsonovitch y avait mis toute son âme.

A la suite de cette parution, les lettres de lecteurs s'étaient probablement mises à pleuvoir puisque le journal ouvrit peu après deux nouvelles rubriques : « Sur le sentier du chèvraurochs » et « Rions-nous des incrédules ». La première reproduisit les avis favorables assortis de commentaires. La seconde citait les lettres des sceptiques et les semonçait séance tenante.

« Sur le sentier du chèvraurochs » publia la lettre d'un savant moscovite; il écrivait que l'apparition de l'animal ne l'étonnait pas le moins du monde, vu que les zélateurs de l'agrobiologie mitchourinienne l'avaient prévue depuis longtemps, tandis que certains autres savants, captifs de théories douteuses, ne l'avaient pas prévue et ne pouvaient, naturellement, rien prévoir de ce genre.

En guise de conclusion, l'éminent savant assurait que le chèvraurochs confirmait la justesse de ses propres expériences.

Il s'agissait de la sommité la plus célèbre d'Union Soviétique. Il avait auparavant émis l'hypothèse que le mouton actuel n'était rien d'autre que le pangolin de la préhistoire qui, conformément à la théorie de Darwin, s'était transformé au cours de la lutte pour la vie. Il argumentait sa thèse au moyen d'une étude comparée des circonvolutions cérébrales du mouton actuel et du crâne du pangolin assyrien.

Tout naturellement, l'éminent savant concluait que la queue grasse du mouton qui était en fait l'aboutissement de la queue du pangolin, devait jusqu'à un certain point garder la propriété de repousser. Il fallait donc, d'une part, développer cette faculté et de l'autre, habituer l'organisme du mouton à l'ablation caudale sans douleur. C'est à ce point qu'il consacrait ses études de ces dernières années. A en juger par tous les indices, ses expériences étaient couronnées de succès.

A la vérité, des envieux existaient, qui osaient se plaindre de ce que nul ne pouvait répéter les géniales expériences du grand homme. Ce à quoi on leur répliquait fort pertinemment qu'elles étaient géniales pour la bonne raison que nul n'était capable de les refaire.

Bref, le soutien de cette sommité venait à point nommé et ne pouvait qu'être bénéfique.

Dans la même rubrique, le journal publia entre autres la lettre d'une brave femme qui n'avait apparemment rien compris à l'article de Platon Samsonovitch ou qui n'en avait eu que de vagues échos, puisqu'elle demandait où elle pouvait acheter une jaquette en laine de chèvraurochs. La rédaction lui expliquait fort courtoisement qu'il était encore trop tôt pour parler de production industrielle, mais que sa lettre devrait mettre la puce à l'oreille des organismes économiques et les inciter dès aujourd'hui à s'apprêter à prendre livraison et à traiter la laine de chèvraurochs.

A la même place parut la lettre de l'équipe des tueurs des abattoirs municipaux qui remerciaient les travailleurs agricoles de leur intéressante initiative. Les tueurs s'offraient à parrainer le kolkhoze qui le premier se lancerait dans l'élevage des chèvraurochs.

De son côté, la rubrique « Rions-nous des incrédules » publia des extraits des lettres d'un zootechnicien et d'un agronome.

En termes fort civils, le zootechnicien doutait que l'hybride donnât une descendance, et affirmait en conséquence que toute cette entreprise n'avait aucun avenir. La rédaction se fit un plaisir d'apprendre que le chèvraurochs avait déjà monté huit femelles et que tout dénotait qu'il n'avait pas l'intention d'arrêter là ses exploits. Lesdites chèvres se portaient bien, les saillies se poursuivaient.

L'agronome était plus caustique. Il raillait toutes

les qualités du chèvraurochs en bloc et en détail. Il s'en prenait tout particulièrement à ses aptitudes de sauteur. Là il s'en donnait vraiment à cœur joie. Je serais bien curieux de savoir, écrivait-il, comment l'agriculture peut utiliser ce don. Nous ne savons déjà pas empêcher les chèvres de sauter et de dévaster les champs de maïs, et voilà que ces nouvelles bestioles vont, elles aussi, se mettre à faire des cabrioles. Il demandait avec malice si le journal n'avait pas l'intention de présenter le chèvraurochs aux prochains jeux olympiques, dans les compétitions de saut en hauteur.

La rédaction lui infligea une verte réplique. Platon Samsonovitch expliqua sans perdre son sang-froid que cette qualité était extrêmement précieuse parce que dans l'avenir, les troupeaux séjourneraient dans les alpages les plus élevés et sur des pentes inaccessibles aux chèvres domestiques. Grâce à des bonds formidables, les chèvraurochs sauraient échapper aux bêtes sauvages qui décimaient encore les troupeaux communaux.

En ce qui concerne les bonds des chèvres kolkhoziennes, écrivait-il ensuite, ce n'était nullement le journal qui en portait la responsabilité, mais bien les bergers qui passaient à coup sûr leurs journées à ronfler ou à jouer aux cartes. Il fallait les mettre à l'amende, et pas seulement les bergers, mais aussi les responsables kolkhoziens, depuis le président jusqu'à l'agronome qui confondait encore les prés des alpages et les champs olympiques.

Après cette lettre, le sarcastique agronome n'avait plus tenté de discuter; par contre, le courtois zootechnicien n'avait pas capitulé.

Son nom reparut dans la rubrique « Rions-nous des incrédules ».

Il écrivait que la réponse du journal ne lui donnait pas satisfaction : si l'hybride avait gardé la faculté de monter les chèvres, cela ne voulait pas dire qu'il était capable d'engendrer une descendance. Il estimait de plus que l'élevage devait mettre l'accent sur les gros bovidés, notamment les buffles, tandis que les chèvraurochs, malgré leur taille, n'en demeuraient pas moins de petits ovidés.

Le journal lui répondit qu'au contraire, les exploits amoureux du chèvraurochs prouvaient qu'il donnerait une descendance. Tout s'éclaircirait d'ailleurs dans les mois à venir, le temps travaillait pour nous. En ce qui concerne l'orientation de notre élevage, premièrement, le chèvraurochs ne pouvait en aucun cas être qualifié de « petit ovidé », bien qu'il fût plus petit qu'un gros bovidé; deuxièmement, le zootechnicien souffrait encore de la gigantomanie caractéristique des temps révolus du culte de la personnalité.

Quelques mois plus tard, le journal annonçait en six colonnes à la une un heureux événement; toutes les chèvres couvertes par le chèvraurochs — il y en avait treize — avaient mis bas; deux d'entre elles avaient eu deux petits, une autre trois.

Une photo géante couvrant toute la page montrait la nombreuse famille de l'heureux papa entouré de sa progéniture. Au centre trônait le chèvraurochs dont la physionomie était cette fois dépourvue de toute perplexité. Il paraissait avoir trouvé sa voie, il avait l'air sérieux et calme.

A l'époque où j'étais entré au *Subtropiques Rou-*

*ges*, Platon Samsonovitch avait décroché le poste de premier rédacteur. Il ne se limitait plus aux thèmes agricoles, mais avait le droit de disserter sur la culture et l'instruction et même de rédiger les éditoriaux de la Section Propagande. Son article « Le chèvraurochs, arme dans la propagande antireligieuse » obtint ainsi une place de choix dans le tableau d'honneur des meilleurs papiers.

Platon Samsonovitch passait des journées entières dans son bureau, armé de manuels d'agrobiologie, de lettres de sélectionneurs, et de graphiques les plus divers. Parfois, il se faisait pensif et sursautait de manière imprévue.

— Qu'est-ce que vous avez, Platon Samsonovitch ? lui demandai-je un jour.

— Tu sais, dit-il en revenant joyeusement à lui, je pense souvent à mon premier article. A l'époque, je me demandais si je devais ou non donner cette petite nouvelle. Et j'ai bien failli passer à côté de cette grande initiative.

— Et si cela s'était produit ?

— Ne m'en parle pas ! répondit Platon Samsonovitch en sursautant à nouveau.

Il consacrait tout son temps au journal. Il arrivait au bureau avant tous les autres et en repartait à une heure avancée de la soirée, si bien que je me sentais parfois gêné de rentrer à la maison à la fin de la journée de travail. D'ailleurs, il me laissait toujours partir avec plaisir. Chez lui, il ne pouvait pas travailler parce qu'il vivait dans une seule pièce et qu'il était affligé d'une femme et de grands enfants. Comme il était inscrit depuis plusieurs années au service du logement, on finit par lui attribuer un appartement neuf peu après mon arrivée. Je crois que sa célébrité accrue grâce au chèvraurochs avait dû jouer un certain rôle en la matière.

Le jour où il avait emménagé, nous l'avions sincèrement félicité non sans lui faire comprendre que, ma foi, une pendaison de crémaillère ne serait pas malvenue; cependant il déclinait ces innocentes allusions avec un incompréhensible entêtement.

Nous eûmes la clé du mystère quelques jour plus tard en apprenant qu'il avait quitté sa famille et gardé son ancien studio. Par la suite, on me raconta qu'il avait tenté à plusieurs reprises de se séparer des siens. Malheureusement, il n'avait pas où loger; de plus, sa femme venait chaque fois se plaindre au rédacteur en chef qui l'obligeait à réintégrer le domicile conjugal.

Cette fois-ci encore, elle vint au journal :

— Rendez-moi mon inventeur ! demanda-t-elle.

Avtandil Avtandilovitch convoqua Platon Samsonovitch dans son bureau et, selon son habitude, voulut l'obliger à regagner ses pénates. Mon chef refusa catégoriquement de rejoindre sa famille, bien qu'il consentît à l'aider financièrement.

— Les temps ont changé, expliqua ensuite Avtandil Avtandilovitch à l'épouse éplorée, réglez toute seule vos problèmes familiaux...

— Ils se payent ma tête, dit, à ce qu'on raconte, Platon Samsonovitch.

— Comment ? demanda le rédacteur en chef surpris. Platon Samsonovitch s'occupe d'un grand problème d'Etat...

— Ils entravent ma pensée créatrice, souffla, à ce qu'on raconte, Platon Samsonovitch.

— Rendez-moi mon inventeur ! répétait la digne épouse.

— Vous voyez bien qu'elle se moque de moi, se plaignait Samson Platonovitch.

— Il ne demande tout de même pas le divorce ? dit le rédacteur en chef.

— Il ne manquerait plus que cela, répondit-elle, à ce qu'on raconte.

— Faites comme s'il logeait dans une pièce séparée, fit Avtandil Avtandilovitch en guise de conclusion.

— J'ai honte devant les gens, dit, à ce qu'on raconte, la digne épouse après un instant de réflexion.

Et le problème fut réglé. Pour dire vrai, en quittant les siens, Platon Samsonovitch n'avait nullement l'intention de s'encombrer d'une nouvelle famille ou à plus forte raison d'une maîtresse. Il avait fui la vaine agitation de ce bas monde pour se vouer corps et âme à sa noble tâche.

Après cette séparation partielle, sa femme n'en venait pas moins lui changer son linge et faire son ménage. Pendant ce temps, Platon Samsonovitch continuait avec une énergie décuplée à se consacrer à son enfant chéri. De temps à autre, il trouvait un point de vue nouveau sous lequel il pourrait examiner le problème de l'élevage des chèvraurochs.

Le jour où l'on ouvrit une buvette juste à côté du café de bord de mer, il obtint qu'on l'appelât « A l'Abreuvoir du Chèvraurochs ». Il aimait beaucoup à fréquenter cet établissement.

Le soir parfois, au sortir du café, je le voyais dans la buvette. Accoudé au comptoir de marbre, il dégustait un verre d'eau minérale avec une mine protectrice, lasse mais heureuse.

Bien qu'il fût partisan des formes de propagande en faveur du chèvraurochs les plus larges et inédites, il n'admettait aucune frivolité en ce domaine.

Le jour où notre courriériste compara au chèvraurochs un bigame qui se refusait méchamment et obstinément à payer ses pensions alimentaires, Platon Samsonovich déclara en plein comité de rédaction qu'une pareille comparaison discréditait aux yeux des kolkhoziens cette entreprise d'importance nationale.

— Ce n'est sûrement pas une erreur politique, toutefois, il est bon de tenir compte de cette observation, conclut Avtandil Avtandilovitch d'un ton conciliant.

Platon Samsonovitch mit au point le régime alimentaire des chèvraurochs et proposa aux kolkhoziens de l'adopter. Dans le même temps, il frayait la voie à leur initiative personnelle en leur conseillant de donner certains aliments en plus de la ration standard et de communiquer au journal les résultats de l'expérience.

— Notre première hirondelle ! annonça-t-il un jour en montrant avec amour la couverture d'un magazine de la capitale qu'il tenait entre ses mains. Je regardai et aperçus la photo du chèvraurochs entouré de sa famille, la même que celle parue dans notre journal, à cette différence près qu'elle était reproduite en couleurs, ce qui lui donnait un aspect plus pimpant.

Peu après, un journal de Moscou publia un article intitulé : « Une initiative intéressante, soit dit en passant » et qui traitait de nos réalisations.

Le journal recommandait aux kolkhozes des régions centrales et des zones à tchernozioms [1] d'étudier cette expérience et de soutenir cette initiative novatrice, sans panique superflue toutefois, sans trop s'élancer en avant, et en même temps, sans perdre un temps précieux.

Pressentant les objections de ceux qui feraient allusion à la différence de climat, l'auteur de l'article rappelait que le chèvraurochs ne devait pas craindre les froids, puisqu'il descendait du côté paternel d'une espèce vivant dans les rudes conditions des hauts alpages.

Platon Samsonovitch jubilait intérieurement. A la dernière réunion, il déclara de manière assez imprévue qu'il était temps de proposer à l'Etat d'Iowa, avec lequel l'Union Soviétique était en compétition pour la production du maïs, une nouvelle compétition pour l'élevage du chèvraurochs.

— Mais ils n'en élèvent pas, voyons ! observa le rédacteur en chef d'une voix peu assurée.

— Eh bien, ils n'ont qu'à essayer sous le régime du fermage américain.

— Il faut prendre l'avis des camarades, dit le rédacteur en chef et il mit le ventilateur en route, ce qui signifiait que la réunion était achevée.

Le ventilateur était placé juste en face de lui, et chaque fois qu'il ouvrait la réunion, Avtandil Avtandilovitch le débranchait; alors, sa tête s'élevait juste au-dessus des grosses pales de l'appareil, ce qui le faisait ressembler à un pilote d'avion rentrant d'un

1. Tchernoziom : terre noire de la Russie centrale d'une grande fertilité. (*N.d.T.*)

très long vol. Quand il achevait la réunion, il branchait le ventilateur, son visage se pétrifiait et il semblait qu'il s'envolait, immobile, dans la direction voulue.

Le lendemain, il dit à Platon Samsonovitch qu'il valait mieux attendre un peu avant de faire des propositions à l'Etat d'Iowa.

— Soit dit entre nous, il prend des précautions excessives, expliqua Platon Samsonovitch en faisant un signe de tête vers le bureau du chef.

Un jour, parut dans la rubrique « Sur le sentier du chèvraurochs » la lettre des chercheurs d'un Institut de recherches scientifiques du Caucase du Nord. Ils écrivaient qu'ils suivaient avec intérêt notre initiative et qu'ils avaient déjà croisé un aurochs de la région avec une chèvre. Le premier aurochèvre, annonçaient-ils, se portait à merveille et grandissait rapidement.

Commentant la lettre, Platon Samsonovitch félicitait, au nom des enthousiastes de Transcaucasie, ses collègues du Caucase du Nord et ajoutait que leurs succès seraient plus grands encore si à l'avenir ils adoptaient la ration qu'il avait fixée pour l'alimentation du nouvel animal. Il était persuadé depuis toujours que les éleveurs du Caucase du Nord, voisins et frères les plus proches des Abkhaziens, seraient les premiers à reprendre le flambeau de cette expérience d'avant-garde.

La lettre fut insérée dans le numéro, sans changement notable, à cette différence près que Platon Samsonovitch remplaça le nom d'« aurochèvre » par celui déjà consacré de « chèvraurochs ».

Je ne sais trop pourquoi, les auteurs de la lettre se formalisèrent de cette innocente correction et adressèrent au rédacteur en chef un démenti disant qu'ils n'avaient pas l'intention de suivre notre conseil pour l'alimentation de leur aurochèvre et qu'ils le nourrissaient et continueraient à le nourrir conformément à la méthode rigoureusement mise au point par l'appareil scientifique de l'Institut. De plus, ils jugeaient nécessaire de spécifier que le nom de « chèvraurochs » était antiscientifique, car le fait même (et les faits sont têtus !) que le père soit un aurochs affirmait l'hégémonie de l'aurochs sur la chèvre, ce qui devait se refléter dans le nom de l'animal, à condition bien sûr de traiter le problème avec une précision toute scientifique. Un autre nom ne pourra être justifié, non sans certaines réticences, que si vous parvenez à croiser un bouc avec un aurochs femelle, expliquaient-ils, en pareil cas, nos objections tomberont d'elles-mêmes dans la mesure où il s'agira de deux nouveaux animaux obtenus par des méthodes radicalement différentes, ce qui tout naturellement, trouvera son expression dans deux noms différents. De la sorte, vous continuerez vos expériences avec vos chèvraurochs et nous, les nôtres avec nos aurochèvres.

— Nous allons être obligés de la publier, ce sont des chercheurs, dit Avtandil Avtandilovitch en montrant la lettre à Platon Samsonovitch. Le chef était venu l'apporter en personne dans notre Section estimant qu'il s'agissait d'un document urgent.

Platon Samsonovitch la parcourut des yeux et la jeta sur son bureau.

— A condition de la ranger dans la rubrique « Rions-nous des incrédules ».

— Nous n'avons pas le droit, répliqua Avtandil Avtandilovitch. Les travailleurs scientifiques y expriment leur opinion. D'autant plus que dans notre premier papier, vous avez parlé en votre nom propre...

— Le pays connaît le chèvraurochs, répliqua fermement Platon Samsonovitch, nul ne connaît l'aurochèvre.

— C'est juste, concéda Avtandil Avtandilovitch, la presse centrale a adopté notre nom, mais où avez-vous été chercher qu'on ait aussi adopté notre ration-type ?

— Laquelle aurait-on pu adopter ? riposta Platon Samsonovitch en haussant les épaules. Pour l'instant, tout le monde l'utilise.

— Bon, très bien, répondit Avtandil Avtandilovitch après un instant de réflexion, préparez la réponse, nous publierons les deux textes dans le cadre de la discussion fraternelle.

— Je m'en vais vous la rédiger pour aujourd'hui, dit Platon Samsonovitch tout guilleret, et saisissant son crayon rouge, il rapprocha de lui la lettre des travailleurs scientifiques.

Avtandil Avtandilovitch sortit du bureau.

— On a toujours besoin d'un plus petit que soi, fit Platon Samsonovitch en hochant la tête d'un air indécis, et je ne pus comprendre s'il faisait allusion au rédacteur en chef ou à ses contradicteurs imprévus.

Quelques jours plus tard, les deux articles parurent. La réponse de Platon Samsonovitch intitulée « Aux collègues d'outre-monts » était composée dans un style plutôt agressif.

Mon chef remontait à une époque fort éloignée. De même que l'Amérique fut découverte par Christophe Colomb, mais nommée Amérique en l'honneur de l'aventurier Amerigo Vespucci qui comme chacun sait n'avait rien découvert du tout, de même les collègues du Caucase du Nord voudraient donner leur nom à l'enfant d'un autre.

Lorsque dans la première lettre de nos collègues nous avons remplacé le nom malsonnant et erroné « d'aurochèvre » par celui doux à l'oreille et consacré de « chèvraurochs », nous considérions qu'il s'agissait d'un banal lapsus de leur part, d'autant plus que le texte de la lettre, naïf et manquant dans une certaine mesure de maturité, laissait envisager la possibilité d'un lapsus, d'une erreur même. Bien qu'ayant tout remarqué dès le début, cela ne nous a pas empêchés d'insérer la lettre, parce que nous estimions de notre devoir de soutenir ce désir, timide, faible s'entend, mais malgré cela dénotant une intention pure, d'être au niveau des expériences d'avant-garde de notre temps.

Mais que s'est-il produit ? Nous nous sommes aperçus que ce que nous prenions pour un lapsus, voire même pour une erreur, était un système d'opinions erronées et néfastes, et comme il convient de combattre tout système, nous relevons le gant jeté d'outre-monts.

Peut-être, poursuivait Platon Samsonovitch, le nom d'« aurochèvre » malgré son évident manque de tact, reflète-t-il avec une plus grande précision scientifique la nature profonde du nouvel animal ? Non, ici encore les collègues d'outre-monts ont raté leur but.

Car c'est justement le nom de « chèvraurochs » qui reflète de la manière la plus précise la nature profonde du nouvel animal, ce parce qu'il souligne avec éclat la primauté de l'homme sur la nature sauvage; en effet, la chèvre domestique apprivoisée par les Grecs de l'Antiquité, figure à la première place dans notre version, en tant que principe plus raisonnable, soulignant de la sorte que c'est l'homme qui conquiert la nature et non le contraire, ce qui constituerait une conception monstrueuse.

Peut-être le nom d'« aurochèvre » correspond-il aux excellentes traditions de notre agrobiologie mitchourinienne ? Mais non, une fois de plus, vous avez manqué votre but, collègues d'outre-monts ! Prenons pour exemple les nouvelles variétés de pommes obtenues par Mitchourine, comme la « belle fleur de Chine » et la « Candile de Chine » dont les noms ont été depuis longtemps adoptés et approuvés par le peuple. Ici, comme dans le cas qui nous occupe, la pomme sauvage de Chine occupe la seconde place, suffisamment honorable et correspondant à son rang.

En ce qui concerne la proposition de croiser l'aurochs femelle avec le bouc, elle apparaît assez saugrenue dans la bouche de chercheurs scientifiques, écrivait ensuite Platon Samsonovitch.

Premièrement, il est parfaitement évident qu'en raison de la taille de la femelle aurochs, démesurée et propre à effrayer le bouc, toute possibilité de saillie est égale à zéro.

Mais admettons un instant que la chose ait lieu. Qu'en résultera-t-il pour nous-mêmes et notre économie ? Il est aisé de répondre à cette question en se référant à l'élevage du mulet réalisé à l'échelle internationale aussi bien que soviétique.

L'expérience séculaire de l'élevage du mulet montre nettement que le croisement du cheval avec l'ânesse donne le bardot, tandis que celui de l'âne avec la jument donne le véritable mulet. Chacun sait que le bardot est un animal sous-développé, maladif, faible, qui, de plus, a une fâcheuse propension à donner des coups de dents, tandis que le mulet se distingue par ses qualités utilisables et qu'il est vivement apprécié dans notre économie nationale, surtout dans les républiques méridionales. (Nous n'examinons pas pour l'instant la question de l'expansion du mulet vers le nord ni l'élevage d'espèces résistantes au froid. Bien que la célèbre course Moscou-Léningrad réalisée en dix jours par des mulets attelés à des traîneaux chargés à bloc, par une température sibérienne, en dise long à tout observateur non averti (Cf. Grande Encyclopédie Soviétique, T. II, p. 206).) Il ressort avec une parfaite clarté de ce que nous venons de dire ci-dessus que le chèvraurochs serait l'équivalent du bardot si nous l'élevions suivant la méthode préconisée par les collègues du Caucase du Nord, tandis que le chèvraurochs peut et doit égaler le mulet, à condition qu'il soit obtenu par notre méthode, laquelle a été à maintes reprises éprouvée. Voici pourquoi nous repoussons la proposition des collègues du Caucase du Nord que nous considérons comme une tentative — involontaire soit, mais tentative quand même —

d'orienter notre élevage sur une voie idéaliste erronée.

Selon l'avis exprimé par nos collègues d'outremonts, il ressort qu'aucun de nos chèvraurochs ne marche au pas et que seul l'unique aurochèvre du Caucase du Nord le fait. Mais avec qui marche-t-il au pas ? Le mystérieux laconisme de cette dernière phrase sonnait comme je ne sais quel redoutable avertissement.

Deux semaines après, nous attendions encore la réponse des chercheurs du Caucase du Nord, qui, pour je ne sais trop quelle raison, gardaient un mutisme total, ce qui ne laissait pas d'inquiéter vivement notre rédacteur en chef.

— Et si leur chèvraurochs était mort et qu'ils aient honte de poursuivre la discussion ? supposa un jour Platon Samsonovitch.

— Téléphonez à l'Institut et tirez les choses au clair, ordonna Avtandil Avtandilovitch.

— N'aurons-nous pas l'air de capituler si nous appelons les premiers ? objecta Platon Samsonovitch.

— Au contraire, répliqua Avtandil Avtandilovitch, cela ne fera que confirmer que nous sommes certains d'avoir raison.

Ayant eu l'Institut au bout du fil, Platon Samsonovitch apprit que l'aurochèvre était sain et sauf : les chercheurs avaient mis un point final au débat, résolus à prouver par les actes quels aurochèvres avaient la vie la plus dure.

— Quels chèvraurochs, corrigea Platon Samsonovitch en raccrochant. Ils ont avalé la pilule, conclut-il avec un clin d'œil dans ma direction, et tout en se frottant les mains, il s'assit à sa place.

⁂

Je mourais d'envie de voir de mes propres yeux le chèvraurochs en chair et en os, mais bien qu'ayant approuvé mon ardeur, Platon Samsonovitch ne manifestait aucun empressement à m'envoyer à la campagne. L'heure H sonna enfin.

Jusqu'alors, je n'étais parti qu'une seule fois en reportage, et mon expédition n'avait pas été spécialement heureuse.

A l'aube, j'avais pris la mer avec la brigade de pêcheurs d'avant-garde d'un kolkhoze situé à proximité de la ville. Tout était merveilleux : les flots aux tons mauves, la vieille barque et les marins-pêcheurs adroits, forts, infatigables. La pêche terminée, ils choisirent quelques jolis poissons dans leurs filets et sur le chemin du retour, au lieu d'aller à la conserverie, ils obliquèrent en direction d'un petit cap devant lequel nous devions passer. Des femmes chargées de seaux et de filets à provisions s'y dirigeaient également par le rivage. J'avais compris que la rencontre était fatale.

— Peut-être cela ne vaut-il pas le coup ? demandai-je lorsque la barque eut piqué du nez dans le sable. J'avais probablement parlé trop tard.

— Ça vaut rudement le coup ! affirmèrent joyeusement les pêcheurs, et c'est alors que de grandes transactions s'engagèrent. Un quart d'heure plus tard, tous les poissons étaient troqués contre des espèces sonnantes et trébuchantes et des produits de l'économie naturelle. Nous reprîmes la mer. J'essayai de leur glisser quelques mots. Les pêcheurs m'écoutaient aimablement, tout en coupant le pain et en disposant les hors-d'œuvre. La table de banquet était dressée, on m'invita, et je compris que ce serait faire preuve d'un manque de tact inouï que de refuser.

Nous bûmes et mangeâmes, puis sombrâmes dans un paisible et délicieux sommeil.

Ils m'expliquèrent plus tard qu'ils avaient pris trop peu de poissons, que la conserverie dédaignerait une si négligeable quantité et puis que de toute manière, le plan serait toujours dépassé.

Je compris qu'il n'était pas question d'écrire un reportage, je n'avais en conséquence d'autre ressource que de composer une *Ballade de la pêche* où je célébrais le travail des pêcheurs, sans expliquer comment ils profitaient des fruits de leur labeur. Le journal réserva un excellent accueil à mon poème qui fut considéré comme une forme nouvelle de reportage, à la mode de la capitale.

Il est temps toutefois de revenir à nos chèvraurochs.

Une conférence régionale consacrée aux échanges d'expériences dans le domaine de l'élevage des chèvraurochs était en préparation. A l'époque, les chèvraurochs avaient été répartis entre les kolkhozes les plus riches, ce afin de procéder à la multiplication massive de l'espèce. Certains présidents tentaient de se dérober à cette initiative sous le prétexte qu'ils n'élevaient plus de chèvres depuis belle lurette mais on les semonça et on les obligea à en acheter le nombre voulu. Un peu après, des plaintes parvinrent, certains chèvraurochs, paraît-il, manifestaient de la froideur pour les chèvres.

Le rédacteur en chef profita de l'occasion pour évoquer l'insémination artificielle, mais Platon Samsonovitch affirma derechef que ce compromis était le fait de gens peu scrupuleux. Il dit aussi que la froideur du chèvraurochs était le reflet de la froideur des présidents de kolkhoze pour toute entreprise nouvelle.

Juste à cette époque parvint du village d'Orékhévy Klioutch une lettre dans laquelle un kolkhozien anonyme racontait les mauvais traitements que le président faisait subir au chèvraurochs : il le forçait à coucher à la belle étoile et à crever de faim. Les larmes aux yeux, les kolkhoziens voyaient les tourments du nouvel animal, mais ils ne pouvaient rien dire car ils avaient une peur bleue de leur président. L'article était signé « L'Offensé épris de Justice ».

— D'accord, les exagérations sont possibles, dit Platon Samsonovitch en me montrant la lettre, mais un signal est un signal. Va donc dans ce village voir les choses de tes propres yeux.

Platon Samsonovitch s'abîma un instant dans la méditation et ajouta :

— Je connais ce président, un nommé Illarion Maximovitch. Un bon patron, mais un conservateur qui ne voit pas plus loin que son thé. Dans l'ensemble, poursuivit-il, — et tendant la main il se mit à palper l'air de ses doigts écartés, comme s'il tentait de saisir les contours de mon futur article — ton papier devra dire quelque chose comme : « Le thé, c'est bien, mais la viande et la laine du chèvraurochs, c'est mieux. »

— Très bien, fis-je.

— Souviens-toi, conclut-il en m'arrêtant sur le seuil, que ce reportage va être des plus décisifs.

— Bien sûr, répondis-je.

Platon Samsonovitch resta un instant pensif.

— Je voulais te dire quelque chose d'autre... euh, ne rate pas le car demain matin.

— Que dites-vous là ! m'exclamai-je et j'allai de ce pas me faire tamponner mon ordre de mission.

Je passai prendre un bloc-notes neuf au Service du Courrier, j'achetai deux crayons au cas où je perdrais mon stylo, ainsi qu'un canif pour affûter le crayon. Je voulais coûte que coûte être paré contre toute éventualité.

*
* *

L'autocar filait sur la route, puissant et confortable. A droite, à travers les jardins verts et les maisonnettes blanches, la mer apparaissait par instants et rien qu'à la regarder, on sentait sa tiédeur. Elle paraissait saturée et apaisée par la forte chaleur et les nombreuses baigneuses.

A gauche émergeaient de verts coteaux couverts de champs de maïs et de plantations de mandariniers. De temps à autre, on apercevait des vergers d'abrasins dont les arbustes à feuilles géantes étaient semés de grappes de fruits.

Pendant la guerre, les soldats d'un bataillon du génie cantonné dans la région cueillaient ces fruits qui ressemblaient plus ou moins à des pommes vertes, mais qui étaient en réalité terriblement vénéneux.

Malgré l'interdiction formelle, les soldats les goûtaient croyant qu'on voulait les dissuader de dévaster les vergers; il faut dire à leur décharge qu'on ne leur donnait pas grand-chose à manger. D'habitude on arrivait à sauver ceux qui s'étaient empoisonnés, quoiqu'on ait dénombré plusieurs cas mortels.

Parfois, une brise qui paraissait produite par un autocar tournant le coin de la rue tant elle était inattendue, apportait les effluves lointains de fougère pourrie, de fumier chauffé par les rayons du soleil, l'arôme laiteux du maïs mûrissant, et tout cela évoquait de doux et mélancoliques souvenirs d'enfance, la campagne, la patrie...

Pourquoi le pouvoir des odeurs est-il si fort? Pourquoi aucun souvenir n'est-il capable de remuer le passé avec autant de puissance? Peut-être est-ce parce que l'odeur ne se reproduit pas à volonté, qu'on ne peut la faire surgir en imagination sans qu'elle soit présente. Lorsqu'elle frappe nos narines, elle fait jaillir une foule de réminiscences avec leur fraîcheur initiale, tandis que les impressions visuelles et auditives peuvent être maintes fois reproduites mentalement, et c'est sans doute pour cette raison qu'elles finissent par s'émousser...

Les voyageurs se détendaient calés sur les sièges aux moelleux ressorts. Le toit de l'autocar était recouvert par une vitre d'un bleu extraordinaire. A travers elle le ciel pur prenait de fantastiques tons azurés. La vitre semblait montrer au ciel comment il devait être et aux voyageurs, comment ils devaient le voir.

Ce véhicule venait à peine d'être mis à la disposition des transports publics. Jusque-là il servait à balader des touristes étrangers. Je le rencontrais parfois devant le Jardin Botanique, la vieille forteresse ou en d'autres lieux.

A présent, il était bondé de kolkhoziennes qui rentraient au logis. Chacune d'elles tenait un panier ou un filet plein à craquer d'où s'échappait l'invariable rouleau de craquelins. Certaines tenaient non sans fierté des thermos chinois qui ressemblaient à la fois à un quart de campeur et à un obus.

Les chaînes de montagnes défilaient lentement à l'horizon. Les plus lointaines et les plus hautes étaient saupoudrées de la première neige qui venait sûrement de tomber la nuit passée, puisque la veille encore je ne l'avais pas vue. A présent, leurs cimes étincelaient, pures et nettes, dans le ciel.

La ligne de montagnes la plus rapprochée était couverte de forêts bleu foncé, la neige ne serait pas pour bientôt.

Soudain, au débouché d'un tournant, j'aperçus au niveau de cette ligne de montagnes une rangée de falaises nues et aussitôt, dans ma poitrine, mon cœur se mit à battre avec joie et effroi.

Mon village natal s'étendait au pied de ces falaises. Quand j'étais petit, elles me paraissaient terriblement mystérieuses, quoique peu éloignées, elles se dressaient au bout d'une route d'accès difficile et je n'y étais jamais monté. A présent, je regrettais d'être allé dans de si nombreux endroits mais pas là-haut.

Chaque été, depuis ma plus tendre enfance, je passais plusieurs mois dans la maison de grand-père. Je me souviens que chaque fois j'éprouvais une irrésistible envie de rentrer chez moi. Non pas à la maison à proprement parler, mais en ville.

Comme je m'ennuyais d'elle et avec quel plaisir je songeais à l'odeur sui generis de la poussière urbaine, imprégnée de relents d'essence et de caoutchouc. C'est une chose que j'ai peine à comprendre aujourd'hui, mais à cette époque, je regardais avec tendresse l'horizon en direction du couchant : derrière la montagne aux contours délicatement arrondis s'étendait notre ville et je comptais les jours qui me restaient jusqu'à la fin des vacances...

Je me souviens de mes premiers pas sur le bitume à mon retour en ville, de la légèreté merveilleuse et inhabituelle de ma marche que j'attribuais aux commodités de la route lisse de la ville; à présent, je crois que cette sensation venait de mes marches interminables dans les sentiers, de l'air pur des montagnes, de la nourriture simple et saine.

Aujourd'hui, où que je sois, je n'éprouve plus jamais cet attrait ardent et joyeux pour la ville. Au contraire, je sens de plus en plus que la maison de grand-père me manque.

Peut-être est-ce parce qu'elle n'existe plus : les vieilles gens sont mortes, les jeunes ont émigré à la ville ou dans ses parages. Lorsque la maison était enccre là, je n'avais jamais le loisir d'y faire de longs séjours, je me les réservais pour l'avenir. Aujourd'hui qu'il n'y a plus personne au village, il me semble que j'ai été frustré, que ma racine principale a été coupée.

Même si j'y allais rarement, la maison de grand-père m'aidait à distance, avec sa vie bien à elle, la fumée de son foyer, la bonne ombre de ses arbres, elle m'insufflait audace et assurance. J'étais presque invulnérable parce qu'une partie de ma vie, ses débuts, s'était écoulée dans les montagnes. Lorsque l'homme a cette sensation, il dispose de manière plus généreuse et juste de son destin, il est plus difficile de le voler parce qu'il ne garde pas toutes ses richesses sur lui.

Il me manque quelque chose, la maison de grand-père avec sa grande cour verdoyante, son vieux pommier (la puissante vrille de la vigne grimpait à sa cime en étreignant son tronc), le vert chapiteau du noyer, sous lequel, ayant déployé une peau de bœuf ou d'aurochs, nous faisions la sieste les jours de grande chaleur.

Combien de pommes vertes avons-nous prises au vieux pommier et au noyer combien de noix vertes enrobées dans une grosse écale, à la coque tendre, à l'amande molle.

Il me manque la vaste cuisine de la maison de grand-père avec son sol en terre battue, son grand âtre brûlant, son long et lourd banc poussé tout contre la cheminée. Nous y passions nos veillées à écouter d'interminables récits de chasse, ou des histoires de trésors découverts dans les vieilles forteresses, ou encore des légendes retraçant les exploits d'intrépides bandits d'honneur. Autrefois, c'était sur ce banc que grand-père coupait les feuilles de tabac avec sa hachette bien affûtée; ensuite, ayant retiré de l'âtre une braise ardente, il la jetait sur le tas de tabac fraîchement taillé et le faisait fumer lentement et avec délectation, afin de l'aider à mieux sécher et à s'imprégner de l'arôme du bois.

Il me manque les cris des femmes s'interpellant au crépuscule de colline en colline, de la combe à la montagne ou de la montagne au val.

Que la voix d'une femme semble solitaire et pure dans l'air fraîchissant du soir !

A cette heure du jour, les poules ont coutume de rappeler qu'elles sont nées oiseaux. Les voici qui commencent à caqueter avec impatience, elles visent les branches d'un figuier, s'envolent inopinément, ratent leur but, prennent à nouveau leur vol et finissent par se poser sur les branches conduites par le coq d'or qui pousse de furieux cocoricos.

Ma tante sort de la cuisine, son seau cliquetant au bout du bras, le dos voûté, elle saisit au passage une baguette afin d'écarter le veau et traverse la cour, la démarche légère. Dans le parcage d'en face, des vaches beuglent, l'air de lui demander quelque chose et, tels les gosses de la maternelle, les chevreaux s'égaillent sous la grange au maïs.

Voici que grand-père ou quelqu'un d'autre chasse les chèvres. En une troupe bruyante, elles se répandent dans la cour, le ventre ballonné d'un seul côté pour je ne sais trop quelle raison. Les boucs se cabrent, tombent lentement l'un sur l'autre, se bousculent et emmêlent leurs cornes. S'ils jouent bien, cela veut dire qu'ils ont dormi tout leur soûl.

Les chevreaux sont déjà lâchés, et voici que commence la traite, les chevreaux accourent auprès de leur mère qui les surveille avec une expression de vigilance stupide, tremblant de crainte de confondre ses rejetons avec ceux de ses voisines; c'est bien ce qui arrive, les petits étourdis attrapent le premier pis venu. J'ai remarqué que les chèvres ne reconnaissaient vraiment leur enfant qu'après qu'il ait tiré leurs têtons plusieurs fois avec avidité. A ce moment-là, la chèvre chasse le chevreau ou se tranquillise, comme si la douleur qu'elle ressent est différente selon qu'il s'agisse ou non du sien.

Je ne sais trop pourquoi, le nombre de ces chèvres diminuait d'année en année, et celui des vaches aussi; le lait venait souvent à manquer dans la maison. Ce lait, dont grand-père disait qu'au temps jadis on n'arrivait pas à l'utiliser dans la saison d'été, moi je ne pouvais pas comprendre comment il avait disparu.

Je me rappelle ma chambre, le tapis tissé à la main ornant le mur et sur lequel était brodé un immense cerf au large front. au visage de femme, aux yeux empreints de tristesse.

Derrière le cerf, un petit bonhomme voûté le prend en joue dans un cruel effort. Il me semble que le bonhomme est fâché de ce que le cerf soit si grand et lui-même si petit, et je sens que le nabot au fusil ne pardonnera jamais cette différence, que cela lui sera aussi impossible que d'être grand lui-même et le cerf petit.

Et quoique le cerf ne le regarde pas, on voit à ses yeux tristes qu'il connaît le chasseur voûté qui le vise. Le cerf est si grand qu'il est absolument impossible de le rater, cela le cerf le sait pertinemment, mais il ne sait où se cacher, il est visible de partout. Il a déjà dû essayer de le faire, mais à présent, il a compris qu'il ne pourra désormais plus échapper à l'homme voûté.

Je contemplais longuement ce tapis, j'aimais le

cerf et détestais ce chasseur, surtout son dos voûté dans un cruel effort.

Il me manque les chauds draps qui, tout le jour, sont restés accrochés dans la véranda, et qui, à l'heure du coucher, exhalent une senteur de propreté, de journée d'été, de soleil.

On nous mettait au lit de bonne heure, nous autres enfants, et nous restions allongés, prêtant l'oreille aux propos des grandes personnes à la cuisine, à la peur qui nous tenaillait, frayeur mystérieusement liée à l'obscurité de la pièce, aux murs qui craquaient mélancoliquement, aux portraits vaguement gris des aïeux disparus ornant les murs.

Il me manque les murs mêmes de la maison de grand-père en solides planches de châtaignier, naïvement tapissés de feuilles de journaux ou de revues, d'affiches et d'images d'Epinal.

Parmi les pages des journaux et revues des années vingt et trente, nous trouvions parfois des nouvelles passionnantes; quel plaisir nous avions à les lire allongés sur le plancher, perchés sur une chaise ou sur une couchette ! Parfois, je ne pouvais me retenir d'arracher une feuille afin de la retourner et de lire la suite de l'histoire. J'ai lu ainsi tous les murs de la maison de grand-père.

C'est fou tout ce qu'on pouvait y découvrir !

Une gravure géante : Napoléon abandonnant Moscou en flammes. Des cavaliers en tricorne, le rempart du Kremlin et, au loin, l'immense brasier flamboyant.

Plusieurs tableaux d'avant la révolution, d'inspiration religieuse où l'on voit Dieu perdu dans les nuages, les pieds chaussés de sandales tenues par une lanière et ressemblant à nos spartiates de montagnards en cuir non tanné.

Monté sur son fringant coursier, l'archange Gabriel transperce d'un coup de lance un répugnant dragon; juste à côté, les affiches soviétiques dont les sujets sont ceux des années vingt et trente : propagande antireligieuse et groupement dans les coopératives. Je me souviens très bien de l'une d'elles. Un brave petit moujik bat pitoyablement des bras devant un pont qui s'est effondré d'un seul coup, comme frappé d'une malédiction biblique, engloutissant son cheval et sa charrette. Sous ce tableau édifiant, une non moins édifiante légende : « Il est trop tard, mon ami, pour t'affliger, il fallait t'assurer ! »

J'ai une confiance limitée dans ce bonhomme. Sa façon d'exprimer sa peine est par trop féminine. Le cheval n'a pas été sitôt englouti que déjà il lève les bras au ciel et n'agit pas.

Ce que j'ai vu autour de moi m'a fait comprendre que le paysan n'a pas la moindre envie de perdre son cheval, qu'il mettra tout en œuvre pour tenter de le sauver, qu'il le retiendra par les rênes, et s'il le faut par la queue.

Un jour, j'ai longtemps regardé ce bonhomme et il m'a soudain semblé qu'un sourire perçait à travers ses moustaches et sa barbe. C'était tellement surprenant que cela m'a même un peu effrayé. Ce sourire sortait des poils de sa barbe comme un petit carnassier des buissons. Ce n'était peut-être qu'une impression illusoire, possible somme toute, étant donné que je sentais dans tout cela une certaine dose de mensonge.

La légende au bas du tableau n'était pas sans me rendre perplexe. Je ne comprenais vraiment pas ce qu'il aurait fallu assurer, du cheval ou du pont. D'après moi, c'était plutôt le pont. Mais alors le pont devait rester au fond du ravin, parce que dans le cas contraire, il n'y aurait plus aucune raison d'assurer le cheval.

Peut-être le trait le plus touchant et le plus profond de l'enfance est-il la foi inconsciente dans la nécessité du bon sens. Par conséquent, si le bon sens fait défaut où que ce soit, l'enfant veut en chercher le motif. Il croit que le monde est doué de raison, et que tout ce qui en est dépourvu est un obstacle qu'on peut éliminer en tournant la manette voulue. Peut-être en est-il ainsi parce que, dans nos jeunes années, nous entendons encore le ruissellement du sang maternel qui circule en nous et nous nourrit. Le monde nous a prodigué ses bienfaits par les mains de notre mère, n'est-il pas tout naturel que la confiance dans sa raison soit notre première croyance ? Comment en serait-il autrement ?

Je pense que les hommes véritables sont ceux qui ne perdent pas avec l'âge leur foi dans la raison du monde, car c'est elle qui soutient la flamme grâce à laquelle nous luttons contre la déraison de la cruauté et de la bêtise.

La maison de grand-père passait pour être riche et hospitalière. Autant que je m'en souvienne, elle avait accueilli des centaines de personnes en plus des membres de la famille, depuis les bergers surpris par les intempéries dans la saison où ils conduisaient leurs troupeaux aux pâturages d'été, jusqu'aux délégués et fonctionnaires les plus divers des comités régionaux du Parti.

Mon grand-père possédait plusieurs vaches et une cinquantaine de chèvres. Je me souviens que presque toutes les vaches et la majorité des chèvres étaient inscrites au nom d'un parent, de préférence de la ville. La loi restreignait la possession privée du bétail et à cette époque, fleurissaient dans nos régions diverses pratiques : dons, ventes et achats fictifs.

Seul l'élevage des porcs était autorisé en nombre illimité. Les autorités estimaient peut-être qu'en raison de leurs ascendances musulmanes les Abkhaziens ne mangeaient pas de viande de porc, et que cela constituerait un obstacle naturel à la propriété privée.

Les paysans déployaient des trésors de ruse pour garder leurs bêtes, mais la chose devait être très compliquée ou bien tous ces efforts demeuraient vains puisque avec les années il y avait de moins en moins de bétail.

Je me souviens que pendant la guerre j'avais été obligé pendant six bons mois de garder les chèvres de grand-père.

Chose bizarre, de nombreuses années se sont écoulées depuis, j'ai fini mes études secondaires puis supérieures, j'ai travaillé ensuite et voici qu'à présent, l'occasion m'est offerte de retrouver ces chèvres, qui dans l'intervalle, de même que moi, ont gravi un échelon et se sont transformées en chèvraurochs.

Et soudain, je me suis souvenu distinctement de l'époque où j'ai effectué le plus long séjour dans la maison de grand-père, l'époque où j'étais encore un tout petit garçon et où les chèvres n'étaient pas encore des chèvraurochs, je me suis rappelé ces jours lointains, plus précisément le jour, non la soirée, au cours de laquelle je fus victime de toutes sortes de mésaventures.

*
* *

Cela se passait en mil neuf cent quarante-deux. Je vivais chez grand-père, au fin fond des montagnes. La crainte des bombardements, et surtout la famine de ce temps de guerre, m'avaient chassé dans ce coin d'Abkhazie, relativement tranquille et bien approvisionné.

Notre ville avait été bombardée deux fois en tout et pour tout. Pour dire vrai, les Allemands destinaient leurs bombes à des objectifs plus stratégiques, mais comme la D.C.A. leur en avait barré l'accès, ils les avaient larguées sur notre cité.

Après le premier bombardement, la ville s'était vidée. Les orateurs qui hantaient les cafés du bord de mer avaient cessé à temps leurs interminables causeries politiques et avaient déguerpi dans les villages environnants pour se caler l'estomac de mamalyga [1] abkhazienne dont la cote connaissait une hausse rapide.

Seules restaient en ville les personnes indispensables et celles qui n'avaient pas où aller. Comme nous

1. Bouillie de maïs. (*N.d.T.*)

n'étions pas indispensables et que nous avions où aller, nous partîmes.

Après avoir tenu conseil, nos parents des campagnes nous répartirent entre eux, après avoir évalué les capacités de chacun de nous.

Mon frère aîné, déjà perverti par la ville, voulut rester dans le village le plus proche. Mais bientôt il fut enrôlé.

Ma sœur fut envoyée dans une famille éloignée mais riche, et qui pour cette raison était considérée comme proche. Comme j'étais le plus petit et le plus inutile, on me refila à grand-père. Maman se fixa à mi-chemin, chez sa sœur aînée.

A cette époque, il ne restait plus à grand-père que deux dizaines de chèvres et trois brebis. Je n'eus pas le temps de faire ouf que déjà j'étais commis à leur garde.

J'appris peu à peu à soumettre à mes volontés ce troupeau petit, certes, mais hélas récalcitrant. Nous étions liés par deux incantations magiques venues tout droit de l'antiquité : « Heït ! Iïo ! ». Elles avaient une multitude de nuances et de significations selon la manière dont elles étaient prononcées. Les chèvres les comprenaient fort bien, mais quand cela les arrangeait, elles faisaient semblant de s'embrouiller dans les nuances.

Car de ces nuances, il y en avait à revendre. Par exemple, un « Heït ! Heït ! » prononcé en allongeant les syllabes signifiait : « Broutez en paix, aucun danger à l'horizon ! »

Ces mêmes sons pouvaient encore être émis avec un certain reproche, dans des buts éducatifs, et alors ils signifiaient : « Je le vois bien, allez, où vous voulez en venir », ou quelque chose de ce genre. Si je disais d'un ton rapide et tranchant « Iïo ! Iïo ! », il fallait comprendre : « Danger ! Arrière ! »

En entendant ma voix, les chèvres levaient d'habitude la tête, comme si elles s'efforçaient de s'expliquer ce que j'exigeais d'elles cette fois-ci.

Elles broutaient toujours avec une certaine expression de dédain. Cela m'irritait parfois de les voir abandonner un rameau entamé et passer au suivant avec une avidité désordonnée. Ces bestioles-là se livraient au gaspillage tandis que nous, à table, nous ménagions chaque miette. C'était injuste. Elles s'efforçaient d'atteindre les feuilles les plus fraîches et éloignées, ce pour quoi elles se dressaient sur leurs pattes de derrière : il y avait alors en elles un je ne sais quoi d'impudique, probablement parce que dans cette position elles ressemblaient à des humains. Beaucoup plus tard, lorsque j'aperçus des faunes sur des reproductions du Greco, je crois, je me dis que l'artiste avait voulu rendre l'impudence humaine en peignant ces créatures.

Mes chèvres aimaient à paître sur les pentes abruptes et escarpées avoisinant un torrent de montagne. Je suis certain que le bruit de l'eau excitait leur appétit, comme d'ailleurs celui des humains. C'est pour cela qu'on a plaisir à pique-niquer sur les bords d'un ruisseau ou d'une rivière. Il me semble que ce n'est pas seulement parce qu'on a besoin d'eau, mais aussi parce que son murmure rend les aliments plus savoureux.

D'habitude, les brebis suivaient les chèvres, elles broutaient en baissant au maximum la tête, comme si elles reniflaient l'herbe. Elles choisissaient des prés à découvert, les plus plats possible. Par contre, si quelque chose les effrayait et qu'elles partaient au triple galop, il n'était plus question de les arrêter. Leur queue grasse battait leurs flancs, chaque coup de houlette doublait leur effroi et les poussait en avant, et alors elles fuyaient à corps perdu, aiguillonnées par une frénétique excitation. Hébétées par cette course folle, elles s'abattaient dans les buissons et reprenaient leur souffle en happant l'air de la bouche, les flancs haletants comme des chiens.

Les chèvres choisissaient pour se reposer les lieux les plus pierreux et élevés. Elles s'allongeaient dans les endroits propres. Le plus vieux bouc se perchait sur le point culminant, il avait des cornes terrifiantes, et des lambeaux de laine jaunie par les ans lui pendaient aux flancs. On sentait qu'il comprenait son rôle : il avançait lentement, en balançant d'un air grave sa longue barbiche d'astrologue. Si par inadvertance, un jeune bouc lui chipait sa place, il s'approchait flegmatiquement de lui et sans même le regarder l'expulsait d'un coup de corne lancé de côté.

Un jour, une chèvre disparut du troupeau. Je m'épuisais à courir dans les broussailles, à déchirer mes vêtements aux fils barbelés, à crier à en perdre la voix. Impossible de la retrouver. En regagnant mon logis, je levai par hasard la tête et l'aperçus perchée sur la branche maîtresse d'un plaqueminier sauvage. Elle avait grimpé sur le tronc tortu. Nos regards se croisèrent, elle me fixait d'un air narquois, ses yeux jaunes faisaient mine de ne pas me reconnaître, manifestement elle n'avait nulle envie de descendre. Je lui lançai une pierre, elle sauta adroitement à terre et courut rejoindre ses congénères.

Je crois bien que les chèvres sont les plus malicieux de tous les quadrupèdes. Il me suffisait de bayer une seule seconde aux corneilles pour qu'elles s'évaporent, comme si elles s'étaient évanouies au milieu des pierres blanches, des fourrés de noisetiers et de fougères.

Quelle angoisse de les chercher, de courir dans les sentiers étroits et escarpés sillonnés par les rubans verts des lézards ! Il m'arrivait aussi d'entrevoir un serpent sous mes pieds et alors je faisais un bond, comme propulsé dans les cieux, sentant monter par la semelle du pied qui avait failli l'écraser le froid élastique du corps du reptile; après cela je courais à n'en plus finir, éprouvant dans mes jambes la légèreté insurmontable, quasi joyeuse, que communique la peur.

Quelle sensation bizarre lorsque je m'arrêtais pour prêter l'oreille au bruissement des buissons : n'y aurait-il pas un serpent là-dedans ? J'écoutais attentivement les stridulations des criquets, le chant des alouettes dans l'horizon azuré, les sons de la voix humaine sur un chemin vicinal que je ne voyais pas de ma place, et les coups lents et forts de mon cœur, tout en aspirant l'odeur de la verdure accablée sous les rayons du soleil, la douce langueur du calme estival.

Quand le temps était au beau, je restais allongé sur l'herbe à l'ombre d'un grand aulne à écouter le ronflement habituel des avionnettes de l'autre côté du col où la bataille faisait rage.

Un jour, un de ces appareils surgit de derrière une

crête à une allure folle avec un grondement de panique, il dégringola comme une pierre dans une dépression de la vallée du Kodor, et vola en rase-mottes jusqu'à la mer; je sentais par tous les pores de ma peau la terreur humaine avec laquelle il avait franchi la crête pour échapper au chasseur allemand. Son ombre plana avec une rapidité surnaturelle sur le pré tout à côté de moi, effleura une plantation de tabac, et un instant plus tard, elle voguait au loin tout près du delta du Kodor.

De temps à autre, un avion allemand passait à très haute altitude. Nous le reconnaissions à son hurlement qui rappelait le zonzon d'un anophèle. Lorsqu'il s'approchait de la ville, les canons de D.C.A. entraient dans la danse et on voyait éclater tout autour de lui les marguerites des explosions, tandis qu'il avançait sans fin à travers elles, comme ensorcelé. De toute la guerre, je n'ai pas vu la D.C.A. abattre un seul appareil.

Un jour, un de nos parents arriva de la ville où il venait de vendre des cochons et nous apprit que mon frère était blessé à l'hôpital de Bakou et attendait avec une impatience fébrile l'arrivée de maman. La nouvelle nous mit tous en émoi, il fallait prévenir maman d'urgence. Comme nul autre que moi ne pouvait y aller, je fis mes préparatifs de voyage.

On me servit une copieuse ration de fromage et de mamalyga, grand-père me donna un de ses bâtons et je me mis en route, bien que la journée touchât à sa fin et qu'à l'horizon le soleil ne fût pas plus haut qu'un arbre. Je ne me rappelais pas très bien le chemin, surtout l'emplacement de la maison de maman; j'avais écouté les explications d'une oreille distraite craignant qu'on ne voulût plus m'envoyer la voir.

Je devais traverser une forêt longeant la crête de la montagne, puis redescendre pour rejoindre la route sur laquelle on charriait des troncs d'arbres, et enfin gagner le village.

Dès que j'entrai dans la forêt, je sentis la fraîcheur tomber d'un coup, comme si je m'étais glissé dans l'eau, et j'oubliais aussitôt que nous étions en été.

J'aspirais la fraîcheur douce et humide de la forêt, j'écoutais l'émouvant bruissement des cimes vertes et avançais à pas rapides sur le sentier. Plus je m'enfonçais dans la forêt, plus mon bâton frappait avec entrain et obstination la terre dure, couverte d'un réseau de racines élastiques.

Du coin de l'œil, je notais la beauté des puissantes branches maîtresses argent foncé d'un chêne, des clairières charmantes avec leur herbe éclatante et duveteuse, des pieds accueillants des châtaigniers trapus, enfouis sous les feuilles mortes recroquevillées de l'an passé. Et l'envie me prenait de m'y allonger, la tête posée sur les puissantes racines tapissées de mousse. Parfois, dans les trouées des arbres, j'apercevais la vallée voilée de brume verte et la mer suspendue entre ciel et terre comme un mirage. Le soir tombait.

Soudain, au détour du sentier parurent deux fillettes à la fois effrayées et joyeuses de me croiser. Je les connaissais, elles étaient de notre village ; à présent, elles avaient l'air bizarre comme si elles n'étaient plus elles-mêmes. Nous causâmes, la tête baissée, d'une voix étouffée, presque coupable. Elles avaient à présent un je ne sais quoi de sylvestre, d'effarouché. L'une d'elles tenait ses galoches dans son filet; debout, face à moi, une de ses longues jambes nues grattait l'autre d'un air embarrassé. Je devinais qu'elle essayait de cacher une de ses jambes.

Peu à peu leur confusion me gagna, je ne savais plus que raconter et fus heureux de leur dire au revoir. Elles en firent de même et poursuivirent leur chemin tout doucement, comme à la dérobée.

Bientôt, j'aperçus devant moi, entre les arbres sombres, le chemin vicinal brun-jaune, qui de loin ressemblait à un torrent de montagne. Tout content de pouvoir enfin marcher en terrain plat, je dévalai le sentier, freinant un tout petit peu ma marche avec mon bâton de peur de tomber dans les lugubres buissons de rhododendrons.

Je roulai presque sur la route. Mes jambes tremblaient d'effort, j'étais inondé de sueur, l'odeur d'essence et de poussière lasse et chauffée tout au long du jour accroissait mon excitation. Odeur de la ville, émouvante, que je connaissais depuis mon enfance. Ainsi je m'ennuyais vraiment de la ville, de ma maison, et bien qu'il y eût plus loin à notre logis d'ici que du village, j'avais l'impression que le chemin vicinal était la route qui conduisait en ville.

Dans les ténèbres je tentais de distinguer sous mes pas les traces de pneus, et j'étais fou de joie en reconnaissant leurs sculptures. Plus j'avançais, plus le chemin s'éclaircissait, une immense lune rousse avait surgi au-dessus de la bande crénelée de la forêt.

Dans les montagnes, nous scrutions souvent la

lune. On m'avait dit qu'on y voyait un berger avec son troupeau de chèvres blanches, pourtant malgré mes efforts, je n'étais jamais parvenu à l'apercevoir. Il fallait probablement s'y habituer dès sa plus tendre enfance. Quand je regardais le disque froid de l'astre de la nuit, je discernais les contours de montagnes escarpées et j'éprouvais une certaine tristesse, peut-être parce qu'elles étaient à la fois terriblement lointaines et si semblables aux nôtres.

Ce soir-là, la lune rappelait un grand rond de fromage fumé de la montagne. Avec quelle délectation j'aurais croqué un morceau de ce fromage fleurant bon la fumée, surtout accompagné d'une bonne assiette de mamalyga brûlante !

J'accélérai le pas. De part et d'autre de la route s'étendaient de petits bois, des bouquets d'aulnes, parfois défrichés et transformés en champ de maïs ou en plantation de tabac. Seul le bruit de mon bâton rompait le profond silence. Bientôt apparurent des maisons paysannes aux minuscules cours de poupée, bien propres, éclairées par la chaude lumière du feu de cheminée dont l'accueillant crépitement s'échappait par les portes des cuisines entrouvertes.

J'écoutai avec avidité les voix confuses qui de temps à autre se faisaient subitement distinctes.

— Mets le chien dehors, disait une voix d'homme.

La porte de la cuisine s'ouvrit en grand et aussitôt le chien se mit à aboyer dans ma direction. J'accélérai de nouveau le pas, et m'étant retourné, je notai dans le rectangle rouge du seuil une silhouette sombre de jeune fille. Elle était là debout, immobile, scrutant l'obscurité.

Comme j'avais une peur bleue des chiens je dépassai les maisons en faisant le moins de bruit possible.

Enfin, s'ouvrit une large clairière avec un grand noyer en son milieu; des bancs entouraient son tronc.

Dans la journée, l'endroit était d'habitude bruyant, les villageois se massaient devant la Direction du kolkhoze, la boutique, les granges. A présent, ce lieu semblait désert et inhabité, et quelque peu effrayant aussi sous les rayons de la lune.

Je savais qu'à proximité du Soviet rural il fallait quitter la route et obliquer sur le sentier de gauche. Mais comme il y en avait plusieurs, j'étais incapable de repérer celui qui me conduirait à mon but.

Je m'arrêtai auprès d'un de ces sentiers qui s'enfonçait dans les fourrés de noisetiers sauvages, n'osant pas l'emprunter. Etait-ce bien le bon ? Il me semblait que l'autre fois, cet arbre n'était pas là. Peut-être que oui après tout. Je croyais par moments reconnaître ce sentier grâce à une multitude de petits indices : ses détours, le caniveau qui l'isolait de la rue, les noisetiers. Un moment plus tard, je m'imaginais que le caniveau et les noisetiers n'étaient pas les bons et que ce sentier m'était totalement inconnu et hostile.

Je restais planté, me balançant d'un pied sur l'autre, prêtant l'oreille au chant des cigales, regardant les buissons figés comme par enchantement, la lune, haute et blafarde, à la lueur quasi aveuglante comme un miroir.

Soudain quelque chose de noir et de brillant déboula sur le sentier et se mit à courir dans ma direction. Je n'eus pas le temps de faire un seul mouvement qu'un gros chien me flairait avec un sans-gêne total, me cognant les jambes de son museau humide et baveux. Un instant plus tard, un homme, une hache légère sur l'épaule, s'avança à ma rencontre. Il chassa le chien. Je compris pourquoi l'animal s'était précipité sur moi, il craignait de n'avoir pas le temps de me flairer convenablement. Le chien fit un écart, exécuta une pirouette en glapissant, désireux de complaire à son maître, puis il s'immobilisa devant les buissons pour renifler je ne sais quelle trace.

L'homme, une bride passée autour de la taille, devait chercher son cheval; il s'approcha de moi, me dévisagea et s'étonna de ne pas me connaître.

— T'es le fils à qui et qu'est-ce que tu fiches ici ? me demanda-t-il avec colère.

Je lui dis que je cherchais la maison de l'oncle Mexout, le mari à la sœur de ma maman.

— Pourquoi t'as besoin de lui ? me demanda-t-il avec un étonnement admiratif.

Comprenant que la curiosité du paysan est insatiable, je lui sortis d'un souffle toute mon histoire. Pendant que je lui racontais et quoi et comme, en louchant sur le molosse et en m'efforçant de ne pas le perdre de vue, l'inconnu hochait la tête, claquait la langue et me jetait des regards compatissants comme s'il me plaignait d'avoir à m'occuper d'affaires qui n'étaient pas du tout de mon âge.

— Mexout loge à deux pas d'ici, me dit-il en désignant de sa hache le sentier que j'avais voulu emprunter.

Il entreprit de m'expliquer le chemin, en s'interrompant de temps à autre, afin d'avoir une fois de plus l'occasion de s'étonner et de se réjouir que Mexout fût si près et le chemin menant à sa maison si simple. J'avais compris une seule et unique chose : je devais suivre ce sentier. Fou de joie d'avoir rencontré cet homme et de savoir la maison de Mexout si proche, je m'abstins de toute question. Le paysan siffla son chien. J'entendis dans le silence son souffle qui se rapprochait. Une ombre puissante jaillit des buissons. Le chien courut vers son maître, s'accroupit, battant l'herbe de la queue, et comme s'il se rappelait chemin faisant mon existence, il me flaira à la hâte une dernière fois : c'est ainsi qu'un policier vérifie des papiers quand il est certain qu'ils sont en règle.

— C'est tout près, si tu criais d'ici, il t'entendrait, conclut-il en reprenant son chemin, comme s'il pensait à voix haute à la chance que j'avais eue de le rencontrer.

Le chien s'élança en avant, les pas de l'homme s'effacèrent, je restai seul.

Je pris le sentier envahi par des taillis de noisetiers et de mûriers sauvages. Par endroits, ils se rejoignaient au-dessus du chemin, alors je les fendais avec mon bâton et passais rapidement sous leur voûte. Les branches mouillées me cinglaient parfois le dos et je frissonnais sous la rosée humide. J'avançai ainsi un certain temps, les buissons s'écartèrent et il fit beaucoup moins sombre. Je débouchai dans un endroit à découvert et c'est alors que j'aperçus le cimetière blanc illuminé par la lune pâle.

Transi de frayeur, je me rappelai qu'une fois j'étais passé à côté de lui, seulement comme c'était de jour cela ne m'avait fait ni froid ni chaud. J'avais fait tomber plusieurs pommes d'un pommier. Je repérai l'arbre des yeux, et bien qu'il eût à présent un tout autre aspect, je m'évertuai à retrouver l'insouciance qui avait été la mienne le jour où j'avais ramassé les fruits. Rien n'y fit. L'arbre restait planté, immobile, sous les rayons de lune, avec son feuillage bleu foncé et ses pommes bleu pâle. Je passais sans bruit sous ses branches.

Le cimetière évoquait une ville sainte, avec ses clôtures métalliques, les monticules verts de ses tombes, ses palais, ses bancs, ses toits miniatures de bois et de fer. On eût dit que des gens devenus des nabots après leur mort, ce qui les rendait féroces et dangereux, poursuivaient ici une existence méchante et silencieuse.

Je vis devant plusieurs tombes des tabourets avec un litre de vin et des sandwichs, sur l'un d'eux brûlait même un cierge protégé par un bocal de verre sans fond. Je connaissais bien cette coutume d'apporter aliments et boissons sur les tombes, mais ce spectacle ne faisait qu'accroître ma frayeur.

Les grillons chantaient, la lumière de la lune blanchissait encore les sépultures pourtant suffisamment blanches : les ombres en devenaient plus noires et s'allongeaient sur le sol, telles des mottes de terre lourdes et immobiles.

Je m'efforçai de passer devant les tombes en faisant le moins de bruit possible, mais mon bâton heurtait le sol en rendant un son sourd et effrayant. Je le pris sous le bras, ce fut alors le silence total, et j'eus plus peur encore. J'avisai soudain le couvercle d'un cercueil appuyé contre un grillage à côté d'une tombe fraîchement creusée et non encore clôturée.

Je sentis monter le long de mon dos jusqu'à ma nuque un filet ténu de froid glacial; arrivé à la tête, enserrant douloureusement la peau de la nuque, le froid me hérissa les cheveux. Je poursuivis mon chemin, les yeux rivés sur le couvercle qui jetait des lueurs rougeâtres sous le clair de lune. J'ignorais alors que les Musulmans enterraient les morts sans poser le couvercle du cercueil afin de faciliter leur résurrection. On se contentait de poser des planches sur la bière.

Moi, j'étais persuadé que le mort était sorti de sa tombe, avait appuyé le couvercle contre le grillage et qu'il se promenait dans les parages, à moins que, tapi derrière moi, il n'attendît que je me retourne ou que je me mette à courir.

J'avançais donc sans faire de gestes inutiles ni accélérer mon pas, sentant que l'essentiel était de ne pas quitter des yeux le couvercle du cercueil. L'herbe bruissait sous mes pieds et je compris que j'avais perdu le sentier, je n'en continuai pas moins à marcher sans perdre de vue le maudit couvercle. Je sentis soudain que je dégringolais dans une fosse.

Je n'eus que le temps d'apercevoir la lune qui illuminait le firmament avant de me heurter à une boule laineuse et blanche qui se dégagea de sous mon corps et se propulsa de côté. Je tombai à terre et restai allongé, les yeux fermés, attendant de connaître mon destin. Je sentais que cet être, non, que cette chose, se tenait tout près et que j'étais à présent totalement livré à son pouvoir. Des bribes de récits de chasseurs et de bergers narrant de mystérieuses rencontres dans la forêt, ou d'affreuses aventures survenues dans les cimetières, vinrent me trotter dans la cervelle.

La chose tardait terriblement à se manifester, l'épouvante devenait intenable; rassemblant mes forces, j'ouvris grands les yeux, comme si j'allumais la lumière.

Au début, je ne vis rien, puis je remarquai dans l'obscurité une forme blanche qui se balançait. Je sentais qu'elle me surveillait de près. Le plus terrifiant était ce balancement.

J'ignore combien de temps s'écoula de la sorte. Je commençais à percevoir l'odeur de la terre récemment creusée et réchauffée tout au long du jour, mêlée à une autre odeur très familière, quasi domestique et réconfortante. La chose continuait à se balancer, toute blanche, dans un coin. Et la peur qui n'en finissait pas cessait d'être de la peur. J'eus soudain mal à une jambe. Elle s'était tordue dans ma chute et à présent, j'avais très envie de l'allonger.

Je scrutai longuement la chose. La tache blanche floue prenait des contours familiers, et en l'espace d'un éclair, je compris que le fantôme s'était tout bonnement métamorphosé en un bouc dont je discernai dans la mi-obscurité la barbiche et les cornes. Je savais depuis longtemps que le diable prenait les traits du bouc; cela me rassura un peu, à présent je comprenais tout. J'ignorais seulement que le diable pouvait aussi en avoir l'odeur.

J'allongeai précautionneusement la jambe et je remarquai que l'animal était sur ses gardes, plus justement, qu'il avait cessé de ruminer et continuait à se balancer d'une drôle de façon.

Je restai immobile, il se remit à ruminer. Je levai la tête et aperçus le bord de la fosse sous le clair de lune, un pan de ciel translucide avec une étoile claire dans le milieu. En haut, un arbre se mit à frémir, comme c'était bizarre de sentir d'en bas ce souffle ! Je regardai l'étoile, il me semblait que le vent la balançait. Il y eut un choc sourd : une pomme tombait de l'arbre. Je sursautai et sentis qu'il faisait frais.

Mon instinct d'enfant me soufflait que l'inaction ne pouvait être un signe de force, et comme l'animal continuait à ruminer, âme sans corps au regard rivé sur moi, je voulus sortir du trou.

Je me levai prudemment et, allongeant le bras, je me rendis compte que même si je sautais, je ne pourrais pas toucher le bord de la main. Mon bâton était resté en haut, d'ailleurs, il n'aurait été d'aucun secours.

La fosse était assez étroite, j'essayai de grimper en appuyant les mains et les jambes sur la paroi opposée. Haletant d'effort, je remontai un peu jusqu'au moment où la jambe qui me faisait souffrir glissa du mur; je m'aplatis à nouveau au fond du trou.

Tandis que je tombais, la bête bondit avec effroi sur ses pattes et fit un brusque écart. C'était terriblement imprudent de sa part. Je m'enhardis jusqu'à m'approcher d'elle. Elle se tapit sans bruit dans un coin. Je tendis ma paume vers son museau. Elle remua les lèvres, sa chaude haleine caressa ma main, elle renifla, émit un bêlement en secouant obstinément la tête.

J'étais sûr à présent que je n'avais pas du tout affaire au diable, mais bien à un bouc victime de la même mésaventure que moi. Depuis que j'étais berger, j'avais souvent vu des chèvres se fourrer dans des endroits d'où elles ne pouvaient plus se sortir.

Je m'assis par terre à côté du bouc, lui passai le bras autour du cou, et me réchauffai, blotti contre son ventre tiède. J'essayai de le faire coucher mais il s'obstinait à rester debout. En revanche, il se mit à me lécher la main, d'abord avec prudence puis de plus en plus audacieusement, et sa langue souple et ferme me râpait la paume, en léchait le sel. Ce picotement et ce chatouillement me faisaient plaisir, je lui abandonnai ma main. Mis en appétit, mon bouc attrapa de ses dents pointues le bout de ma chemise, j'en retroussai la manche et l'envoyai brouter un peu plus loin.

Il me lécha longuement la main; même si la face du cadavre bleuie par le clair de lune apparaissait au-dessus de la fosse, je me blottirais plus fort contre mon bouc et n'aurais presque plus peur. C'était la première fois que je sentais tout le prix d'une créature vivante à mes côtés.

Las de me lécher la main, le bouc se coucha de son propre gré auprès de moi et se remit à ruminer.

Comme tout était tranquille ! Seul le clair de lune était devenu plus transparent tandis que la petite étoile avait atteint l'extrémité du pan de ciel. Il faisait aussi plus froid.

J'entendis soudain un bruit de sabots venant dans ma direction et mon cœur se mit à battre la chamade.

Les pas du cheval devenaient de plus en plus distincts, à telle enseigne que j'entendais parfois le heurt des fers sur une pierre. Je pris peur croyant que le cavalier obliquerait, mais le bruit se rapprochait toujours, fort et décidé, déjà je percevais l'haleine du cheval, les grincements de la selle. Je restai figé d'émoi, le cheval passa presque au-dessus de ma tête, j'en profitai pour bondir et crier :

— Hola, hola ! Je suis ici !

Le cheval s'arrêta, je distinguai dans le silence le crissement de ses dents qui rongeaient le mors. Puis, indécise, une voix d'homme troua le silence :

— Qui est là ?

Je m'élançai dans la direction de la voix et criai :

— C'est moi ! Je suis un petit garçon !

L'homme resta quelques instants sans mot dire, puis j'entendis :

— Quel petit garçon ?

La voix de l'inconnu était ferme et méfiante. Il redoutait un piège.

— Un petit garçon de la ville, dis-je en m'efforçant de parler avec une voix de vivant et non de mort, ce qui la rendait bizarre et odieuse.

— Pourquoi es-tu descendu là-dedans ? demanda durement le cavalier qui ne paraissait pas encore rassuré.

— Je suis tombé, j'allais voir l'oncle Mexout, fis-je à toute vitesse, craignant qu'il ne m'écoutât pas et passât son chemin.

— Mexout ? Ça ne m'étonne vraiment pas.

Je l'entendis descendre de cheval et enrouler sa bride sur la clôture de la tombe. Ses pas se rapprochèrent, il s'arrêta pourtant avant d'arriver à la fosse.

— Tiens, entendis-je.

Une corde siffla dans l'air et glissa dans le trou. Je la saisis mais aussitôt je pensai au bouc. Il restait toujours tapi dans son coin, la bouche cousue. Sans plus réfléchir, je lui passai la corde autour du cou, fis rapidement deux nœuds et criai :

— Tirez !

La corde se tendit, le bouc tourna la tête dans tous les sens et se dressa sur ses pattes de derrière. Afin de l'aider, je lui saisis les pattes et appliquai toutes mes forces à le soulever ; je voyais que la corde lui sciait le cou. Dès que sa tête cornue éclairée par la lune surgit au-dessus du trou, l'homme poussa un hurlement ou plutôt un bêlement, je crois, il lâcha la corde et fila comme une flèche. Le bouc s'abattit à côté de moi. Je hurlai parce que son sabot m'avait écrasé le pied, je hurlai de douleur, d'amertume et de fatigue. Les larmes devaient être toutes proches, à fleur d'yeux. Elles se mirent à couler en un flot si abondant que je pris peur et que leur source se tarit aussitôt. Je me traitais de tous les noms de ne pas avoir parlé du bouc, puis me souvenant du cheval, je conclus que tôt ou tard son maître finirait bien par venir le chercher.

Au bout de dix minutes, je perçus des pas furtifs. Je me rendis compte que le cavalier voulait détacher sa monture et prendre la fuite.

— C'était un bouc ! dis-je à haute et intelligible voix.

Silence.

— Monsieur, c'était un bouc, répétai-je en m'efforçant de ne pas changer de voix.

Je sentis qu'il s'arrêtait pour écouter.

— Il est à qui ? demanda-t-il avec suspicion.

— Je ne sais pas, il est tombé ici avant moi, répondis-je en comprenant qu'il ne paraissait pas convaincu.

— M'est avis que tu n'en sais trop rien, observa-t-il, Mexout, c'est vraiment quelqu'un de ta famille ?

La voix coupée par l'émotion, je lui expliquai notre lien de parenté, car en Abkhazie, tous les gens sont parents. Je sentis qu'il commençait à me croire, et fis tout mon possible pour saisir l'occasion par les cheveux. Je lui racontai pourquoi j'allais chez l'oncle Mexout en pensant intérieurement qu'une fosse de cimetière n'était vraiment pas l'endroit rêvé pour s'expliquer.

En fin de compte, il s'approcha et se pencha avec moult précautions. J'aperçus son visage mal rasé, étrange, à qui le clair de lune donnait une bizarre expression de dégoût. On voyait que l'endroit où il se trouvait ne lui inspirait guère confiance. J'eus de plus l'impression qu'il tâchait de retenir son souffle.

Je lui jetai le bout de la corde à laquelle était toujours attaché le bouc. Il la saisit et tira. D'en bas, j'essayai d'aider. Le bouc se montrait stupidement récalcitrant, l'ayant légèrement hissé, l'homme l'attrapa par les cornes et le sortit du trou avec une furieuse répulsion. Toute cette histoire lui déplaisait :

— Ah, la sale bête ! cria-t-il et je l'entendis lui donner un bon coup de pied.

Le bouc sursauta, fit probablement un bond puisque l'homme saisit la corde et la tira. Ensuite, il se baissa au-dessus de la fosse, une main calée contre la terre, il attrapa de l'autre ma main tendue et m'attira à lui d'un air furibond. Je faisais tout mon possible pour ne pas peser, car j'avais peur de recevoir une fessée. L'inconnu me déposa à côté de lui. Il était grand et gras. La main que je lui avais donnée me faisait mal.

Il me dévisagea en silence, et avec un sourire subit, il me caressa la tête :

— Tu m'as fait une drôle de frousse avec ton bouc. Je croyais tirer un petit garçon du trou, et voilà-t-il pas que c'est un cornu qui remonte...

D'un seul coup, je me sentis soulagé. Nous nous approchâmes du cheval immobile devant la clôture. Le bouc suivait au bout de la corde.

Le cheval exhalait une odeur de sueur, de cuir et de maïs. Je me dis qu'il était sûrement allé porter du maïs au moulin, je me souvins à ce moment-là que la corde sentait aussi le maïs. Mon sauveteur me prit sur son cheval, ou plutôt, il me jeta sur sa selle. Je pensai à mon bâton, mais n'osai pas aller le chercher. De plus, pendant que je m'installai sur la selle le cheval tourna la tête pour me mordre la jambe. J'esquivai à temps le coup de dents.

L'homme éloigna de la clôture la tête du cheval, dégagea la bride et sans lâcher la corde, il s'assit pesamment sur la selle. Je sentis le cheval fléchir sous son poids. J'étais écrasé contre le pommeau de la selle.

Le cheval partit d'un bon train, il tâcha de passer au trot, furieux d'avoir à se refréner et à remorquer le bouc.

Je m'assoupis bercé par le claquement sourd des sabots.

La monture s'arrêta subitement, je m'éveillai. Nous étions arrivés à une clôture derrière laquelle on apercevait une vaste cour bien propre et une grande maison perchée sur de hauts pilotis. Une lumière brûlait aux fenêtres. C'était la demeure de l'oncle Mexout.

— Hé, patron ! cria mon compagnon avant d'allumer une cigarette. Il enroula la corde autour d'un pieu sans l'attacher.

La porte de la maison s'ouvrit, nous entendîmes crier :

— Qui est là ?

La voix avait des accents virils et brutaux : c'est ainsi que dans notre pays on répond au cri d'un inconnu pour montrer qu'on est prêt à affronter n'importe qui.

L'oncle Mexout — car c'était lui, j'avais reconnu au premier coup d'œil sa silhouette aux larges épaules et à la petite taille — descendit l'escalier, et chassant les chiens, il s'avança à notre rencontre, en scrutant attentivement les ténèbres.

Je me souviens encore de l'étonnement et même de l'effroi qu'il manifesta lorsqu'il m'aperçut.

— Heureux encore qu'il t'ai reconnu ! observa mon sauveteur; il voulut me déposer droit dans les mains de l'oncle Mexout par-dessus la clôture. Mais je ne me laissai pas faire, je m'agrippai à un pieu et descendis tout seul de cheval. Mon compagnon se mit en devoir de dérouler la corde qui tenait le bouc.

— D'où sort-il, celui-là ? demanda l'oncle Mexout avec une surprise redoublée.

— Miracle, miracle ! répondit le cavalier d'un ton joyeux et mystérieux et il regarda de mon côté, d'égal à égal.

— Entre dans la maison, on va boire un petit coup, proposa l'oncle Mexout en saisissant la bride du cheval.

— Merci, Mexout, impossible, répondit le cavalier et aussitôt il fit mine d'être pressé bien que jusque-là, il parût avoir tout son temps. Comme le veut la coutume, l'oncle Mexout l'exhorta longuement à partager le pain et le sel avec lui, tour à tour vexé, suppliant, se moquant des soi-disantes affaires importantes qui l'empêchaient de rester. Pendant tout ce temps, il jetait alternativement un coup d'œil sur le bouc et sur moi, sentant qu'il y avait entre mon apparition et celle du bouc un lien qu'il ne parvenait pas à saisir.

Enfin, le cavalier partit en remorquant le bouc, tandis que l'oncle Mexout me conduisait à la maison, en claquant la langue avec surprise et en criant après ses chiens.

Dans la chambre éclairée moins par la lampe que par les grandes flammes de l'âtre, plusieurs convives étaient attablés devant des hors-d'œuvre et des fruits. J'aperçus aussitôt maman et remarquai comme elle pâlissait lentement malgré les reflets pourpres du feu. Les invités bondirent de leur place, poussèrent cris et lamentations.

Apprenant le but de mon voyage, une de mes tantes de la ville tomba doucement à la renverse comme si elle avait une syncope. Mais comme à la campagne on ne comprenait rien à ces manières et que personne ne manifestait l'intention de la rattraper, elle s'arrêta à mi-chemin faisant semblant d'avoir une douleur terrible dans les reins. L'oncle Mexout se mettait en quatre pour calmer les femmes, leur offrait à boire pour la victoire, pour que tous leurs fils rentrent sains et saufs. Il était très accueillant et sa maison était toujours pleine de monde; ici, dans la vallée, on avait déjà fait les vendanges, donc, la saison des interminables libations ne faisait que commencer.

Maman restait assise sans ouvrir la bouche et sans toucher aux aliments. J'avais pitié d'elle, je voulais la consoler, mais le rôle dont je m'étais chargé excluait toute faiblesse.

On me servit une assiette de mamalyga brûlante et un verre de *matcharka*[1]. Maman hocha la tête, mais l'oncle Mexout dit que la *matcharka* n'était pas du vrai vin et que je n'étais plus un enfant.

Je racontai mes mésaventures et tout en suçant les derniers os, je sentis le sommeil m'envahir, doux et doré, comme le premier verre de *matcharka*. Je m'endormis à table.

Au bout d'une dizaine de jours, maman rentra de Bakou. Mon frère n'était pas du tout blessé, il s'ennuyait simplement de nous et voulait nous revoir avant de partir au front. Et bien sûr, il avait obtenu gain de cause. Il avait toujours été grand amateur de mystifications.

*
* *

A dix heures du matin, je descendis du car. J'étais arrivé à Orékhévy Klioutch.

Le car démarra en soulevant la poussière sur son

1. Vin nouveau. (*N.d.T.*)

sillage, et je m'acheminai vers la Direction du kolkhoze, tout heureux de déplier les jambes après une longue station assise. Il faisait de plus en plus chaud.

Je me sentais tout guilleret et l'âme pleine d'une inépuisable réserve de perspicacité journalistique. A côté de la Direction, sous le majestueux chapiteau d'un noyer, deux vieux Abkhaziens étaient assis dans la pose traditionnelle des patriarches. L'un d'eux tenait en main un bâton, l'autre, une canne. Je notai avec joie et surprise que le coude de la poignée de la canne du second vieillard était la réplique exacte de son nez crochu, tandis que l'autre avait le nez droit et un bâton sans le moindre nœud. En passant devant eux, je les saluai ou, à vrai dire, je leur adressai un signe de tête respectueux auquel ils répondirent par un geste aimable, on eût dit qu'ils se soulevaient de leur siège pour aller au-devant de moi.

— M'est avis que c'est le nouveau docteur, dit le premier quand je fus passé.

— Il m'a tout l'air d'être Arménien, dit l'autre.

La Direction du kolkhoze se trouvait dans un bâtiment de bois à étage. En bas, un magasin et un dépôt muni de cadenas géants. En haut, des bureaux. Des rires de femmes s'échappaient de la porte du magasin.

Devant le perron était garée une vieille camionnette toute déglinguée, j'en déduisis que le président était là.

Une affiche aux lettres détrempées était placardée au mur :

« Le chèvraurochs est notre fierté. »

« Conférence par Vakhtang Botchoi, docteur ès-sciences archéologiques, membre actif de la société pour la propagation des connaissances scientifiques et politiques, président de la société pour la conservation des monuments historiques. Après la conférence, le film *Le masque de fer* sera projeté. »

Donc, Vakhtang était ici ou devait arriver ! J'étais tout heureux à l'idée de rencontrer notre célèbre boute-en-train. Voilà plus d'un an que je ne l'avais vu. Je savais qu'il poursuivait une carrière fulgurante, mais je ne pensais pas qu'il était déjà devenu docteur ès-sciences archéologiques et que, par-dessus le marché, il faisait des conférences sur les chèvraurochs.

On aimait beaucoup inviter Vakhtang parce qu'il apportait dans n'importe quelle assemblée une gaieté bruyante et irrésistible. Son physique était un amalgame de contradictions des plus comiques. Malgré ses origines caucasiennes, il avait le teint aussi clair que celui du plus blond des Suédois, une tête de Néron aux traits épais et sombres, un caractère bon enfant et doux, allié à la finasserie et l'agressivité d'un chef de service des Achats, tout cela en exerçant la profession d'historien et de gardien des antiquités.

A la fin de ses études à l'Institut des archives historiques, Vakhtang avait été guide plusieurs années, puis avait écrit *Les Ruines en fleurs,* livre de chevet des touristes. « Et aussi des touristes étrangers », ajoutait invariablement Vakhtang, lorsqu'on venait à parler de son œuvre en sa présence. Or, on en parlait presque toujours, puisque c'était lui qui aiguillait la conversation sur ce sujet.

Lorsque nous étions étudiants, nous nous réunissions souvent, nous les Abkhaziens, et aucun festin ne se déroulait en l'absence de Vakhtang. Sous ce rapport, comme d'ailleurs sous de nombreux autres, il possédait un flair sensationnel à telle enseigne que si quelqu'un recevait un colis, on n'avait jamais besoin de l'appeler. Il se pointait au foyer avant que l'heureux destinataire ait eu le temps de couper ou d'arracher la ficelle d'emballage.

— Arrêtez les opérations ! clamait-il en ouvrant la porte et en déversant sur la tête du propriétaire une merveilleuse cascade de paroles.

Il jouait en l'occurence les filous, mais les filous joyeux, effrontés, bohêmes, et surtout inoffensifs pour les amis, son seul défaut était de verser dans la mélancolie chaque fois que le garçon de restaurant lui présentait la douloureuse.

* * *

C'est en songeant à Vakhtang que je gravis l'escalier de pierre conduisant au premier étage et entrai dans la Direction du kolkhoze.

C'était une pièce longue et fraîche, ceinte à droite et à gauche de rampes de bois. A ma gauche, sommeillait assis devant une table un gros homme mal rasé. Sentant que quelqu'un entrait, il entrouvrit un œil et ayant finalement pris conscience de ma venue, il l'ouvrit en grand puis le referma, de même qu'un chat assoupi entrouvre un œil en entendant le choc de la vaisselle, mais comprenant ensuite que ce bruit n'a pas de rapport avec le début du festin, se replonge dans son sommeil.

A droite, quelques comptables faisaient claquer avec zèle les boules de leurs bouliers; parfois, quand une boule claquait trop fort, l'endormi entrouvrait le même œil et le refermait aussitôt avec béatitude. Un des comptables se leva, se rendit au coffre-fort, en retira un dossier et je réalisai alors qu'il s'agissait d'une jeune fille en vêtements d'homme. Je fus frappé par son visage triste comme un jour sans pain.

A l'extrémité de la pièce, la silhouette présidentielle émergeait au-dessus d'une grande table. Le président téléphonait. Il me considéra avec une froide curiosité, mais détourna les yeux pour écouter son interlocuteur.

— Bonjour, dis-je en russe, sans m'adresser à personne en particulier.

— Bonjour, répondit d'une voix douce la jeune fille en levant son mélancolique visage.

Je ne savais comment engager la conversation parce que je n'osais ni interrompre le président, ni rester planté sans raison.

— Le conférencier n'est pas encore arrivé ? demandai-je sans trop savoir pourquoi à ma jeune interlocutrice, faisant mine d'être venu écouter Vakhtang.

— Le camarade Botchoi est là, dit-elle de sa voix douce en posant sur moi ses grands yeux, il est allé visiter la vieille forteresse.

— Mon cher, ne craignez rien pour le maïs, ils se défendent comme des lions ! tonna le président en abkhazien. Comme des lions, je vous dis, seulement il y a la question des engrais... On nous en a donné, mais pas assez. S'ils nous envoient la commission on aura quelque chose à leur montrer, conduisez-les tout droit chez nous... Que j'aie à déterrer les os de mon père si nous n'exécutons pas le plan; mais non, mon cher Andreï Chalvovitch, nous n'avons plus de terres. Des terres en friche ? Il n'y a même pas assez de terre pour étendre un manteau de feutre. L'agronome est ici, il vous le dira... s'il se réveille, ajouta le président d'un ton amusé en regardant l'endormi.

Il n'avait pas fini sa phrase que l'autre émit un gargouillement irrité, avant même, je crois, qu'il n'ait ouvert les yeux. D'après ce que le président venait de dire, je compris qu'il n'avait pas l'intention d'arracher ses plantations de thé pour faire plaisir à quelques cinglés. Il se tut aussi subitement qu'il avait commencé, et se couvrit les yeux de la main avant même d'avoir fini sa phrase.

Tandis qu'il parlait, le président bouchait hermétiquement sa pipe. Me voyant le regarder, il fronça le sourcil et lança à la jeune fille en abkhazien :

— Demande à cet énergumène d'où il sort et ce qu'il veut.

Il remit sa pipe en bouche et dit inopinément d'un ton plein de bienveillance :

— Vous avez complètement oublié le chemin de chez nous, Andreï Chalvovitch. Ce n'est pas bien, Andreï Chalvovitch. C'est impardonnable, le peuple vous réclame, Andreï Chalvovitch.

Je fus quelque peu abasourdi en m'entendant traiter d'énergumène. Le président croyait sûrement que je n'étais pas Abkhazien, et je n'avais d'autre ressource que de l'entretenir dans son erreur.

Il continuait sa conversation téléphonique. Il pénétrait à présent dans le deuxième cercle :

— Une tonne cent de superphosphate-muperphosphate, je vous en prie, je vous le demande comme si vous étiez mon propre frère.

Je regardai travailler la jeune fille. Elle était en train de faire une opération et déplaçait de temps à autre ses boules, comme si elle triait pensivement de grandes perles de bois.

Enfin, le président raccrocha et j'allai à lui.

— Bonjour, camarade, vous venez du chantier forestier n'est-ce pas, dit-il d'une voix assurée en me tendant la main.

— Je suis envoyé par le journal.

— Soyez le bienvenu ! répondit-il en s'animant et je crois bien qu'il me serra la main plus vigoureusement qu'il n'en avait l'intention au départ.

— Voici mon ordre de mission, dis-je en plongeant la main dans ma poche.

— Je ne veux même pas le regarder, répondit-il en l'écartant d'un geste. Je vous vois, cela suffit, ajouta-t-il avec un sérieux effronté en me fixant dans les yeux.

— Je viens au sujet du chèvraurochs, répondis-je sentant subitement que mes paroles semblaient incongrues. Ce fut le cas. Un des comptables partit d'un éclat de rire.

— Trêve de ricanements ! ordonna le président en abkhazien et il poursuivit en russe : — Nous avons réalisé un grand travail dans ce domaine.

— Quoi donc ? demandai-je.

— Premièrement, une vaste propagande parmi la population; le président replia le petit doigt de la main gauche et de plus le fit claquer sur sa main droite. Aujourd'hui, nous aurons une conférence de l'estimé camarade Vakhtang Botchoi. Le zootechnicien a été envoyé chez le sélectionneur. Il replia un autre doigt et le fit à nouveau claquer sur sa paume... Y aurait-il des réclamations ? dit-il subitement et il me regarda de ses yeux noirs inquiets.

— Non, dis-je en soutenant son regard.

— Il y a quelqu'un qui... l'ex-président d'un kolkhoze qui s'est associé au nôtre...

— Non, non, répondis-je, il ne s'agit pas d'une réclamation.

— ... qui écrit sans donner son nom, précisa-t-il comme s'il révélait toute la profondeur de cette perfidie, en d'autres termes, il ne signe pas mais nous savons bien ce qu'il raconte.

— Peut-on voir le chèvraurochs ? l'interrompis-je en lui faisant comprendre que ce plaignant ne m'intéressait pas.

— Bien sûr, répondit-il, suivez-moi.

Le président se leva. On sentait que son corps grand et fort se mouvait avec aisance sous ses larges vêtements.

L'agronome endormi se leva à son tour en silence et nous suivit sous la véranda.

— Combien de fois ai-je répété à cet imbécile qu'il nettoie l'enclos ! fit le président en abkhazien, tandis que nous descendions l'escalier.

— Valiko ! cria-t-il ensuite en se retournant vers la porte du magasin. Viens une seconde si tu n'es pas avec ta pépée.

Un rire de jeune fille et une voix audacieuse de garçon sortirent du magasin :

— Qu'est-ce qui arrive ?

— Rien, mais il va t'arriver quelque chose si je boucle ce magasin et si j'appelle le père de ta femme.

Le rire retentit à nouveau et, sur le seuil, parut un jeune homme de taille moyenne au visage bronzé éclairé par d'immenses yeux bleus de fille.

— File chez la tante Noutsa et rapporte des concombres pour le chèvraurochs, ordonna le président, le camarade est venu de la ville, nous risquons de perdre la face.

— Je ne veux pas, dit le jeune homme, on se paye ma tête !

— Tu t'en fiches, c'est une affaire d'Etat, dit le président d'un ton sévère, vas-y directement, nous y serons.

Je compris que ce jeune homme était le chauffeur. Valiko se mit au volant de la camionnette, et ayant exécuté un demi-tour coléreux, il s'engagea dans la rue.

Il faisait chaud. A l'ombre du noyer, il y avait toujours les deux vieillards, et celui qui tenait la canne disait quelque chose à l'autre, en frappant de temps à autre la terre où il avait déjà creusé un joli trou. On aurait pu croire qu'il voulait placer une clôture à cet endroit pour isoler son petit coin bien à l'ombre sous le noyer du soleil d'été et de l'agitation du kolkhoze.

Le président salua les deux vieillards et lorsque nous fûmes arrivés à leur hauteur, ils firent mine de se lever.

— Mon petit, répondit le vieillard à la canne, qui c'est qui est avec toi, ce serait-il pas le nouveau docteur ?

— C'est le docteur au chèvraurochs, dit le président.

— Ben moi je l'ai bien regardé, j'ai dans l'idée qu'il est Arménien, dit le vieillard au bâton.

— C'est pas croyable, dit le vieillard à la canne, de ces chèvraurochs, moi j'en ai tué à la pelle dans les montagnes, et voilà-t-il pas qu'aujourd'hui, on envoie un docteur rien que pour un seul.

— Quel excentrique, ce petit vieux ! fit le président lorsque nous fûmes arrivés dans la rue.

— Pourquoi ?

— Eh bien, un jour, un secrétaire de comité régional est venu nous voir, il s'est arrêté ici, le vieillard était assis à l'ombre comme aujourd'hui. On s'est mis à causer de la façon dont on vivait avant et aujourd'hui. Alors le grand-père lui a dit : — « Jadis on labourait la terre avec une araire en bois, et aujourd'hui, avec une charrue en fer. » — « Qu'est-ce que ça veut dire ? » a demandé le secrétaire. — « Ben, avec l'araire, la terre tombait pareil des deux côtés, tandis que la charrue de fer la renvoie d'un seul côté. » — « Comment dois-je comprendre cela ? » a demandé le secrétaire. — « Puisque la terre tombe des deux côtés pareil avec l'araire, le paysan se garde la moitié de la récolte et en donne l'autre moitié à son maître. Et puisque la charrue de fer renvoie la terre d'un seul côté, il se la garde tout entière. » — « Très juste », a dit le secrétaire du comité et il est reparti.

J'aurais bien aimé noter en deux mots cette petite histoire afin de ne pas l'oublier. Je sortis mon bloc-notes, mais le président me défendit d'écrire.

— Pas de ça ! fit-il d'un ton résolu.

— Pourquoi ? m'étonnai-je.

— Ça ne vaut pas la peine, dit-il, ça n'a ni queue ni tête, c'est moi qui vous dirai ce que vous devez noter.

« Pas d'importance, je m'en souviendrai », pensai-je en cachant mon bloc-notes.

Nous suivions une rue où la poussière était surchauffée à un point tel que j'en avais la plante des pieds brûlée à travers les semelles.

De part et d'autre de la rue, j'apercevais de place en place des maisonnettes de paysans, des rangées de maïs dans les potagers, des cours tapissées de verdure, des ceps grimpant autour des branches d'arbres fruitiers, et parmi les feuilles de vigne, d'opulentes grappes de raisin vert.

— Y aura-t-il beaucoup de vin cette année ? demandai-je.

— Oui, le raisin est bon, répondit le président d'une voix pensive, vous avez bien vu le maïs ?

Je l'examinai sans rien remarquer de spécial.

— Oui et pourquoi ?

— Regardez-le bien comme il faut, dit le président avec un petit rire mystérieux.

C'est alors que je notai que d'un côté des potagers, celui proche des maisons, les plants étaient plus volumineux, les feuilles plus charnues, les épis plus colorés, tandis que de l'autre, le feuillage était plus pâle, les plants de plus petite taille.

— Vous ne l'avez pas semé en même temps ? demandai-je au président qui arborait toujours son sourire énigmatique.

— Dans la même journée, dans la même heure, me répondit-il, avec un sourire plus énigmatique encore.

— Que se passe-t-il ?

— Cette année, on a réduit la surface des potagers privés. Cette mesure est sans doute utile, mais pas pour notre kolkhoze. Je fais du thé, ce n'est quand même pas possible de mettre toute une plantation sur ces lopins de terre.

Je regardai une nouvelle fois le maïs. Effectivement, la différence dans la force et la grosseur des tiges était exactement celle que l'on voit dans les figures des manuels qui montrent l'augmentation du rendement dans l'avenir.

— Le travail du paysan est fichtrement sorcier, soit dit en passant, expliqua le président en gardant son mystérieux sourire qui semblait vouloir dire qu'aucun citadin ne l'avait encore compris et ne le comprendrait sûrement jamais.

— Sorcier ? Comment ? demandai-je.

— Comment ? Eh bien, explique-lui, fit le président en se retournant brusquement vers l'agronome.

— Si le paysan aperçoit la moindre bouse de vache dans la rue, il ira la porter dans son potager, dit l'agronome en reniflant, il agit ainsi en toute chose.

— Question de psychologie, observa le président d'un ton grave.

J'aurais voulu aussi noter cette histoire, mais le président me saisit à nouveau par la main et me força à rempocher mon bloc-notes.

— Que se passe-t-il ? demandai-je.

— Eh bien, c'est des choses qu'on dit comme ça... ce n'est pas bon à écrire, ajouta-t-il avec la conviction de celui qui savait mieux que moi ce qui pouvait ou non être mis dans le journal.

— Ne serait-ce donc pas la vérité ? fis-je tout étonné.

— Vous vous imaginez que toute vérité est bonne à dire ? répliqua-t-il, étonné à son tour.

Nous restâmes un instant face à face, étonnés de notre surprise mutuelle, puis nous finîmes par éclater de rire. L'agronome émit un grognement furibond.

— Si je disais à ce paysan, poursuivit le président en désignant d'un signe de tête la parcelle que nous longions, la moitié de la récolte est pour ta pomme, il cultiverait la terre beaucoup mieux et ça nous ferait une jolie récolte.

Je savais déjà que pareilles pratiques existaient dans de nombreux kolkhozes, mais qu'on évitait de les ébruiter.

— Et pourquoi ne le diriez-vous pas ?

— Violation des statuts, observa-t-il d'un ton sévère, et il ajouta cette phrase imprécise :

— Parfois nous autorisons un petit quelque chose en sus du plan.

La forte senteur des feuilles de thé brûlées par le soleil vint frapper nos narines avant que la plantation ne s'offrît à notre regard. Les rangées d'arbrisseaux vert foncé partaient de la route à main droite et s'allongeaient jusqu'à l'orée du bois qu'elles enlaçaient tendrement pour parfois s'y insinuer en formant une sorte de golfe. Un chêne géant se dressait au milieu de la plantation; ce devait être à cet endroit que les cueilleuses faisaient la sieste aux heures chaudes de la journée.

Un tel silence régnait qu'on eût dit la plantation déserte. J'aperçus tout près de la route un chapeau à large bord, plus loin un fichu blanc, et ailleurs encore une tache rouge.

— Comment ça marche, Gogola ? demanda l'agronome au large chapeau, lequel se tourna dans notre direction.

— Vingt kilos depuis ce matin, dit une jeune fille en levant rapidement son charmant et gracile visage.

— Oh, bravo, Gogola ! cria joyeusement le président.

L'agronome renifla avec plaisir.

La jeune fille se penche souplement sur l'arbrisseau de thé. Ses doigts si légers qu'ils semblent le caresser glissent à sa surface.

Tsok, Tsok ! Un son agréable et continu s'élève dans le silence. Les jeunes pousses ont l'air de sauter d'elles-mêmes dans la paume de la cueilleuse. Un panier est suspendu à sa ceinture, la tirant légèrement vers le bas. Ses mains vont et viennent de l'arbrisseau au panier et vice-versa. De temps à autre, elle se penche et arrache une mauvaise herbe. Elle porte des gants aux bouts de doigts coupés, comme en ont en hiver les receveuses d'autobus de Moscou.

Chaleur accablante, brume, travail obstiné et silencieux des cueilleuses presque invisibles. La vue de ses plantations revigore le président.

— Oh, bravo, Gogola, ma Gogola ! chantonne-t-il avec plaisir.

L'agronome marche à nos côtés en reniflant.

— Tenez, vous pouvez parler de Gogola dans votre journal, je vais vous dire quoi, explique le président. Dans son été, elle a cueilli mille huit cents kilos, presque deux tonnes.

Mais à présent, je n'ai plus envie de rien noter, d'ailleurs j'ai reçu une tout autre mission.

— La prochaine fois, dis-je. Cela fait longtemps que les deux kolkhozes ont été réunis ?

— Ne m'en parlez pas, mon cher ami, on nous a collé des indigents, dit-il avec mépris et d'ajouter aussitôt : — Bien sûr, c'est une excellente mesure, mais pas pour notre kolkhoze, ils font du tabac et nous du thé. Je suis prêt à élever dix chèvraurochs plutôt que d'avoir affaire à eux.

— Oh, bravo, Gogola, ma Gogola ! chantonnait-il pour essayer de retrouver sa bonne humeur; apparemment, ça n'avait pas l'air de gazer. Des indigents ! répéta-t-il en crachant avec dégoût. Et il n'ouvrit plus la bouche.

*
* *

Nous arrivions à la ferme. A côté de la grande étable vide était aménagé un enclos bordé de claies. Un second enclos, plus petit celui-ci, le jouxtait. C'était le domaine du chèvraurochs.

Nous nous en approchâmes. J'examinai avec curiosité le célèbre animal. Il était accroupi sous un fragile auvent de toile de bâche. En nous apercevant, il cessa de ruminer et fixa sur nous des yeux roses qui ne cillaient pas. Puis il se dressa sur ses pattes, s'étira en bombant son puissant poitrail. En effet, c'était une bête d'assez grosse taille aux ramures extraordinairement lourdes dont la forme évoquait des moustaches de Cosaques soigneusement cultivées.

— Il se sent bien, le hic c'est qu'il n'aime pas nos biquettes, dit le président.

— Comment, il ne les aime pas ?

— Il ne veut pas s'amuser avec, expliqua le président. Ici, le climat est humide. Il est habitué à l'air des montagnes.

— Comment, vous lui donnez des concombres à manger ? demandai-je, ce après quoi je fus incontinent saisi de frayeur me souvenant qu'il avait parlé de cela en abkhazien. Heureusement le président ne releva pas ma gaffe.

— Qu'est-ce que vous croyez, nous lui donnons la ration complète. Les concombres ne sont qu'une initiative locale.

Le président glissa la main à l'intérieur de l'enclos et fit signe au chèvraurochs. Celui-ci avait à présent le regard fixé sur cette main et restait planté comme une statue.

Le chauffeur arriva, descendit de la voiture, les poches gonflées à bloc. L'agronome se laissa glisser au pied de la clôture et s'assoupit séance tenante sous son ombre courte. Le président prit un concombre au chauffeur et tendit la main sous la clôture. Le chèvraurochs frémit et posa son regard sur le concombre. Puis lentement, comme hypnotisé, il marcha sur lui. Lorsqu'il fut arrivé tout contre la claie, le président leva le bras de manière à empêcher l'animal d'atteindre l'objet de sa convoitise. Le chèvraurochs se dressa alors sur ses pattes de derrière, et appuyant celles de devant contre la claie, il tendit le cou; le président leva le concombre plus haut. Alors le chèvraurochs franchit la clôture d'un léger bond de félin et faillit dégringoler sur la tête de l'agronome. Celui-ci entrouvrit les yeux et se rendormit.

— Il fait des bonds exceptionnels, dit le président d'un air important en donnant enfin le concombre au chèvraurochs qui se mit à le croquer en traçant de grands sillons jaunes. Il s'acharnait sur lui avec la fébrilité qu'aurait eue un chat pour jouer avec une fiole de valériane vide.

— Passe donc de l'autre côté à présent, demanda le président au chauffeur.

Valiko enjamba la clôture en se raclant la gorge. Des concombres s'échappèrent de ses poches. Le chèvraurochs fit mine de foncer sur eux mais le président l'écarta et les ramassa. Le chauffeur arrivé de l'autre côté de la clôture montra un concombre au chèvraurochs. Le président m'en tendit un et mordit dans un autre, l'ayant au préalable légèrement frotté contre sa manche.

— Tout notre bétail se trouve dans les alpages, expliqua-t-il en mâchonnant, nous avons laissé ici les dix meilleures chèvres, mais ça ne marche pas.

Le chèvraurochs reposa ses pattes de devant sur la clôture mais ne pouvant atteindre le concombre, il réintégra l'enclos dans un bond encore plus splendide. Le chauffeur leva le concombre au-dessus de sa tête. Le chèvraurochs resta figé devant lui, le fixant de ses yeux roses et sauvages. Puis il bondit, arracha le concombre des mains de Valiko et s'affaissa à terre de tout son poids.

— Il a bien failli me mordre les doigts, déclara le chauffeur, ce après quoi il sortit un autre concombre de sa poche et y mordit à pleine dents.

A présent, nous croquions tous notre concombre à l'exception de l'agronome qui sommeillait toujours adossé à la clôture.

— Ohé ! cria le président, tu vas peut-être te réveiller ? Et il lui lança un concombre.

L'agronome ouvrit les yeux et prit le concombre. Il l'essuya indolemment sur sa tunique de toile, mais avant qu'il eût atteint sa bouche, il se ravisa, le glissa dans la poche de sa tunique et se rendormit.

Une fillette et un petit garçon d'environ huit ans s'approchèrent de l'enclos. La fillette tenait dans ses bras comme un enfant un grand épi de maïs bien frais dans son enveloppe verte dont la touffe supérieure n'était pas encore desséchée.

— Vise un peu, le chèvraurochs va faire la bagarre ! annonça le petit garçon.

— Rentrons à la maison, dit la fillette.

— Non, on va d'abord voir comment il se bagarre et ensuite on rentrera, répondit fort judicieusement le petit garçon.

— Essaie d'amener les chèvres, dit le président.

Le chauffeur traversa l'enclos, ouvrit la porte en claies, entra dans le grand enclos. C'est alors seulement que je remarquai les chèvres qui sommeillaient serrées les unes contre les autres.

— Heït, Heït ! leur cria Valiko en les chassant de leur place.

Les chèvres se levèrent à contre-cœur. Le chèvraurochs redressa la tête d'un air inquiet et se mit à renifler ce qui se passait dans l'enclos.

— Il comprend tout, observa le président émerveillé.

— Heït ! Heït ! répéta Valiko en poussant les chèvres qui se mirent à trotter en rond dans l'enclos. Il tenta de les orienter vers la porte ouverte mais elles refusaient de s'y engager.

— Elles ont la frousse, fit le président tout guilleret.

Le chèvraurochs s'immobilisa et regarda sans discontinuer en direction du grand enclos. Il tendait le cou et flairait. De temps à autre, sa lèvre supérieure frémissait et on avait alors l'impression qu'il montrait les dents.

— Il ne peut pas les blairer, dit le président presque extasié.

— Allons-nous-en, dit la petite fille, j'ai peur.

— N'aie pas peur, répliqua le petit garçon. Il va se bagarrer dans un instant.

— J'ai peur, il est sauvage, dit la fillette d'un ton sentencieux en serrant l'épi de maïs contre sa poitrine.

— A lui tout seul, il est plus costaud que toutes les chèvres, répondit le petit garçon.

L'agronome se mit à rire doucement de façon vraiment inattendue et sortit son concombre de sa poche. Il le cassa en deux et l'offrit aux gosses. La fillette ne bougea pas, serra plus fort encore son épi contre sa poitrine. Le petit garçon s'approcha de biais avec précaution et prit les deux moitiés.

— Allons-nous-en, répéta la fillette en regardant son épi, ma poupée a peur elle aussi.

Elle avait l'air de rappeler à son compagnon leur jeu de tout à l'heure pour le détourner du nouveau.

— Ce n'est pas une poupée, c'est du maïs, répondit précipitamment le petit garçon en annulant les règles du premier jeu au profit du second. Il croquait tout le concombre, la petite fille n'avait pas voulu de sa moitié.

Le chauffeur finit par expulser les chèvres de l'enclos à grand renfort de jurons et à en refermer la porte. Saisi de rage, le chèvraurochs se rua sur elles. Les infortunées chèvres se dispersèrent dans tout l'enclos. Le chèvraurochs en rattrapa une et la jeta à terre d'un coup de corne. Elle fit la galipette, poussa un bêlement, bondit aussitôt sur ses pattes et prit la poudre d'escampette. Les chèvres couraient le long de la claie, se dispersaient et se regroupaient tour à tour. Le chèvraurochs se lança à leur poursuite et les envoya valser à coups de corne aux quatre coins de l'enclos. Les sabots des chèvres martelaient le sol et soulevaient la poussière; soudain le chèvraurochs ralentit brusquement, et ayant suivi pendant quelques instants les chèvres de ses yeux roses, il se jeta à nouveau sur elles après avoir choisi l'angle d'attaque.

— Il ne peut pas les blairer ! s'exclama à nouveau le président avec un claquement de langue émerveillé.

— Faudrait peut-être lui refiler la princesse Tamara ! cria le chauffeur planté au milieu de l'enclos parmi les tourbillons de poussière, tel un matador dans l'arène.

— Une bonne initiative, mais pas pour notre climat ! s'exclama le président en s'efforçant de couvrir les galopades et les bêlements des chèvres.

Le chèvraurochs devenait de plus en plus furieux,

les chèvres trottaient dans l'enclos tour à tour groupées ou dispersées. En fin de compte l'une d'elles bondit par-dessus la clôture et s'aplatit dans le grand enclos. Séance tenante, les autres se ruèrent sur ses traces, mais comme la panique les empêchait de bien calculer leur bond, elles retombaient à l'endroit d'où elles s'étaient élancées et recommençaient sur-le-champ à courir en rond.

— Suffit ! cria le président en abkhazien. Sinon ce salopard va nous esquinter toutes nos biques.

— Que je le bouffe au repas d'enterrement de celui qui l'a fabriqué ! s'exclama le chauffeur dans la même langue et, d'un coup de pied, il ouvrit toute grande la porte de l'enclos.

Incontinent les chèvres s'y ruèrent, bouchant l'étroit passage, bêlant de peur et grimpant les unes sur les autres. A plusieurs reprises, le chèvraurochs se précipita à toute vitesse sur le troupeau enchevêtré et coincé dans la porte, et l'enfonça à coups de corne dans le grand enclos.

Le chauffeur eut toutes les peines du monde à le chasser. Le chèvraurochs en émoi courut un bon moment tout autour de son enclos, tel un lion en furie.

— A présent, on s'en va, dit la petite fille.

— Il les a battues à lui tout seul ! expliqua le garçon.

Ils partirent sur la route en déplaçant silencieusement leurs jambes dorées enduites de poussière.

— Il ne peut pas les blairer ! répéta le président, émerveillé par l'obstination du chèvraurochs.

*
* *

Nous montâmes dans la voiture et retournâmes à la Direction du kolkhoze. Le chauffeur stoppa à l'ombre du noyer. L'agronome resta dans la voiture, nous en descendîmes. Les deux vieillards étaient toujours à la même place.

Etincelant dans son costume blanc comme neige, son visage rose et débonnaire tout radieux, Vakhtang Botchoi se tenait devant une camionnette flambant neuf.

M'ayant aperçu, il s'avança à ma rencontre, écartant comiquement les bras comme s'il voulait me serrer contre son cœur.

— Le retour du fils prodigue ! s'écria-t-il, à l'ombre d'un noyer centenaire, Vakhtang Botchoi et les anciens d'Orékhévy sont là pour l'accueillir. Baise la terre des Tcherkesses, petit vaurien, ajouta-t-il, rayonnant de joie et de soleil. Un jeune homme debout à côté de lui le regardait avec ravissement.

Je me rappelai soudain qu'il était capable de me parler en abkhazien, je l'attrapai par la main et le conduisis dans un coin.

— Qu'est-ce que c'est que ces cachotteries, mon ami ? me demanda-t-il, flambant d'aise.

— Fais semblant que je ne comprends pas l'abkhazien, glissai-je en douce, ça se présente comme ça.

— J'ai pigé, tu es venu étudier les manigances secrètes tramées contre le chèvraurochs. Mais n'oublie pas qu'après ma conférence, le village d'Orékhévy Klioutch fera l'objet d'une chèvraurochsisation totale. Comme à l'accoutumée, il se lançait dans les grandes phrases. Pas mal comme expression, n'est-ce pas, chèvraurochsisation. Ne t'avise pas de l'employer avant moi.

— Ne crains rien, seulement ferme-la.

— Vakhtang sait se taire, même si cela lui coûte cher, assura-t-il.

Nous rejoignîmes le président.

— J'espère que ma conférence réveillera les forces créatrices de votre kolkhoze quand bien même on ne parviendrait pas à réveiller votre agronome, dit-il au président en riant et en m'adressant des clins d'œil en coin.

— Bien sûr, c'est une initiative intéressante, camarade Vakhtang, répondit avec respect le président.

— C'est ce que j'ai l'intention de prouver, affirma Vakhtang.

— Qu'est-ce que tu as à voir avec ça, dis-moi un peu, tu es historien ! observai-je.

— Justement ! s'exclama-t-il, j'examine le problème sous sa face historique.

— Je ne comprends pas.

— Eh bien, répondit-il en traçant un large geste, qu'a donc été l'aurochs des montagnes tout au long des siècles ? La victime des chasseurs féodaux et des jeunes seigneurs. Ceux-ci l'exterminaient, mais le fier animal refusait de se soumettre et se réfugiait de plus en plus haut, sur les cimes inaccessibles du Caucase, bien que de tout son cœur il fût attiré par nos fertiles vallées.

— Boucle-la ! lui ordonnai-je.

— Je poursuis...

Vakhtang se tapa sur le ventre du plat de la main et admirant lui-même son intarissable verve, il reprit son laïus.

— Et qu'était donc notre modeste et timide chèvre d'Abkhazie ? La mère nourricière des plus pauvres d'entre nos paysans.

Les deux vieillards écoutaient avec respect Vakhtang, bien qu'ils ne comprissent manifestement rien à ses propos. Celui qui tenait la canne avait déjà oublié son trou et il tendait l'ouïe d'un air grave, repliant légèrement le lobe de l'oreille.

— C'est formidable comme il cause, observa le vieillard au bâton.

— M'est avis que c'est un qui cause à la radio, répliqua le vieillard à la canne.

— ... Mais elle, notre modeste chèvre, poursuivait Vakhtang, rêvait d'un sort meilleur, disons-le sans ambages, elle rêvait de rencontrer l'aurochs... Et voici que grâce aux efforts de nos habiles éleveurs issus du peuple — car il est bien vrai que notre terre regorge de talents — l'aurochs des montagnes fait la connaissance de notre modeste chèvre abkhazienne, l'amie de nos foyers dont la modestie même fait tout le charme...

Je me bouchai les oreilles.

— Faut croire qu'il lui a dit quelque chose de pas gentil, t'as vu comme il s'est bouché les oreilles ? dit le vieillard au bâton.

— Pour sûr qu'il l'engueule parce qu'il soigne mal les chèvraurochs, ajouta le vieillard à la canne, moi, de ces chèvraurochs, j'en ai tué par centaines dans les montagnes, et aujourd'hui, rien que pour un seul vous vous faites engueuler...

— Eux aussi, ils ont leurs problèmes, conclut le vieillard au bâton.

— C'est aux détails intimes de cette rencontre qu'est consacrée ma conférence, dit pour terminer Vakhtang, et sortant son mouchoir, il s'épongea le visage.

Sur ces entrefaites, quelques petits gars à la chevelure en bataille à la mode de la ville s'approchèrent du président. C'étaient des monteurs électriciens. Ils engagèrent une longue et interminable discussion : d'après eux, certains travaux n'avaient pas été inclus dans le devis, ils menaçaient de cesser le travail tant que le devis n'aurait pas été révisé. Le président s'évertuait à leur prouver qu'ils ne devaient pas laisser tomber le boulot.

La virtuosité avec laquelle il menait les débats était vraiment digne d'admiration, car la discussion se déroulait en trois langues; avec le plus enragé du groupe, il s'exprimait en russe, la langue de la loi. Il avait d'entrée de jeu isolé des autres un timide Kakhète [1] qui n'ouvrait presque pas la bouche et au fur et à mesure qu'il s'expliquait, il avait tout l'air de le prendre plus ou moins à témoin.

Parfois, il se retournait de notre côté, peut-être pour nous citer à notre tour comme témoins. En tout état de cause, Vakhtang hochait la tête d'un air grave et bredouillait quelque chose du genre de : il est certain que vous vous êtes emballés, mes petits amis, mais moi je vais aller démêler l'écheveau au Ministère...

---

1. Une des ethnies du Caucase. (*N.d.T.*)

— Tu en as fait beaucoup, des conférences ? lui demandai-je.

— Les commandes pleuvent, quatre-vingts ces deux derniers mois, dont dix de parrainage, les autres payées.

— Et qu'est-ce que disent les gens ?

— Le peuple écoute, le peuple prend conscience, répondit-il évasivement.

— Et toi personnellement, qu'est-ce que tu en penses ?

— Moi, c'est cette belle toison qui m'attire.

— Oui, mais blague à part ?

— Il faut tondre le chèvraurochs, répondit-il gravement, et, la mine soudain épanouie, il précisa : — C'est ce que je fais.

— Bon, ça va, je dois partir.

— Ne fais pas l'andouille, reste, murmura-t-il à mi-voix, après la conférence, il y aura une petite réception. En mon honneur, ils vont égorger le dernier des chèvraurochs.

— Comment se fait-il qu'ils t'aiment à ce point ?

— J'ai promis au président de lui rendre un petit service du côté des engrais, expliqua-t-il sérieusement, et cela, je le ferai vraiment.

— Quel rapport as-tu avec les engrais ?

— Mon garçon, expliqua Vakhtang avec un sourire protecteur, dans la nature tout est lié. Le neveu d'Andreï Chalvovitch se présente cette année à l'examen d'entrée de la Faculté et ton humble serviteur est membre du jury. Pourquoi le président du jury n'aiderait-il pas un bon président de kolkhoze. Pourquoi ne recommanderais-je pas le jeune impétrant ? Tout ceci à titre purement désintéressé, pour obliger mes amis.

Le président avait finit par persuader les petits électriciens de reprendre le travail en leur promettant de convoquer séance tenante par télégramme l'ingénieur de la ville qui rétablirait la vérité.

Ils s'éloignèrent à pas lents, la tête basse, pas très satisfaits de leur demi-victoire. Le président manifesta de la hâte. Je fis mes adieux à toute l'assemblée. Les vieillards eurent leur geste courtois : ils firent mine de se lever pour m'accompagner.

— L'autocar est déjà passé, mais mon chauffeur va vous conduire jusqu'à la route.

— Le mien est prêt à le faire, dit fort à propos Vakhtang.

Le président appela Valiko. Nous montâmes dans la camionnette.

— Je crains qu'il n'écrive dieu sait quelles âneries contre nous, dit en abkhazien le président à Vakhtang.

— Ne vous inquiétez pas, je lui ai déjà expliqué ce qu'il fallait écrire et de quelle manière.

— Merci, cher Vakhtang, dit le président et il ajouta à l'intention du chauffeur :

— Sur la route paye-lui un bon coup à boire, parce que moi je le sais bien, avec ces journalistes, c'est obligatoire.

— Bien, répondit le chauffeur en abkazien, sur quoi Vakhtang partit d'un éclat de rire.

— Vous ne m'approuvez pas, camarade Vakhtang ? demanda le président alarmé.

— Je vous approuve à cent pour cent, mon ami ! s'exclama-t-il en passant un bras autour des épaules du président, il se retourna et me cria très fort pour couvrir le bruit du moteur :

— Dis de ma part à mon ami Avtandil Avdandilovitch que la propagande du chèvraurochs repose dans des mains sûres.

La voiture souleva un nuage de poussière. Le soleil s'inclinait vers le couchant mais la chaleur n'était pas encore tombée.

« ... dieu sait quelles âneries contre nous »... Les paroles du président me revinrent à l'esprit. Ainsi, je pouvais écrire pour ou contre, mais dans les deux cas, il était absolument certain que ce seraient des âneries. Par la suite, je devais avoir bien des fois l'occasion de constater non sans amertume qu'il n'était guère éloigné de la vérité.

Chemin faisant, le chauffeur me fit part d'un détail intéressant à propos des persécutions exercées contre le chèvraurochs. Un jour, il s'était sauvé dans une plantation où il s'était rempli la panse de feuilles de thé, à la suite de quoi il avait « perdu un moment la boule » suivant l'expression de Valiko. Il s'était mis à galoper dans tout le village, les chiens s'étaient lancés à sa poursuite. Certains avaient même failli l'abattre pensant qu'il était enragé, mais ensuite, il avait peu à peu retrouvé son calme.

La voiture s'engagea sur la route principale et stoppa devant un estaminet peint en bleu ciel. « On va voir un peu comment tu vas t'y prendre », me dis-je, décidé à défendre ma réputation contre vents et marées.

Valiko fixa sur moi un regard bleu et corrupteur et me dit :

— On va casser la graine ?

— Merci, je dîne en ville.

— Oui, mais c'est à des kilomètres et des kilomètres.

— Je vais quand même y aller, répliquai-je en m'efforçant d'adoucir mon ton. Ce jeune garçon aux yeux bleus de toutes les nuances possibles m'était assez sympathique.

— Je n'ai aucune idée derrière la tête, répondit-il en ouvrant la porte. Chacun va payer son écot, à la mode russe.

J'ai bien tort de me faire de la bile, me dis-je, car moi j'ai sur lui l'avantage de savoir qu'il veut me payer à boire tandis que lui ne sait pas que je sais.

— Bien, nous allons manger en vitesse et ensuite je prendrai le car.

— Mais oui, rien qu'un peu de salade et de lobio [1].

Valiko ferma sa voiture et nous entrâmes dans l'estaminet.

Il était presque vide, seul un groupe de jeunes dans un coin formait un cercle étroit autour de deux tables rapprochées. Ils avaient dû faire de copieuses libations à en croire la demi-douzaine de bouteilles posées par terre comme des douilles de cartouche. Je remarquai parmi les convives une femme blonde de type nordique. Elle portait une robe-chasuble à large échancrure et de temps à autre elle admirait

1. Salade caucasienne de haricots rouges fortement épicés. (*N.d.T.*)

sa peau bronzée, comme si elle l'aidait à affirmer sa personnalité.

Valiko prit place à la table qui occupait le coin opposé. Cela me plut. Deux serveuses bavardaient à voix basse, assises à une table devant la fenêtre.

Contournant précautionneusement les tables, Valiko s'approcha d'elles. Je compris qu'il voulait passer inaperçu des autres clients. Les serveuses lui adressèrent un sourire affable, surtout la plus jeune; Valiko les salua et se mit à expliquer quelque chose en se penchant vers la jeune. Elle l'écoutait sans cesser de sourire et son visage s'animait progressivement.

« Toi alors, toi alors », avait-elle l'air de dire en l'écartant sans conviction du plat de la main sans cesser de l'écouter avec un vif plaisir.

Les gars de ce genre ont toujours quelque chose à débiter aux serveuses, pensai-je. Puis je compris à l'expression de la jeune femme qu'il était en train de lui passer la commande. Je m'inquiétai. Elle regarda dans ma direction, je criai soudain :

— Ne t'avise pas de commander du vin !

— Comment est-ce possible ! dit Valiko en se retournant et en levant les bras au ciel.

Le groupe nous remarqua, un garçon cria de son coin :

— Valiko, viens ici !

— Impossible, mon cher, répondit-il en portant la main au cœur.

— Rien que pour une minute ?

— Je m'excuse devant toute l'assemblée et devant cette jolie femme, mais je ne peux pas.

Il recula d'un air digne et arriva de la sorte à notre table.

Quelques instants plus tard, nous avions devant nous un immense plat couvert d'oignons frais et de radis, qui, au milieu des tiges vertes, avait l'air de petites bêtes rouges. A côté, la serveuse déposa deux portions de lobio et du pain.

— N'oublie pas le Borjomi [1], recommanda Valiko.

Je finis par me rassurer et sentis que cette journée m'avait donné une faim de loup. Nous attaquâmes le lobio, il était froid et épouvantablement poivré.

Nous nous mîmes à croquer les radis et les oignons. Chaque fois que je mordais dans une tige d'oignon elle projetait, comme pour se défendre, un jet de sève piquante et odorante.

La serveuse s'approcha de nous sans crier gare et posa sur la table une bouteille de vin et une autre d'eau minérale.

— Nous n'en voulons pas, dis-je d'un ton résolu et je remis la bouteille de vin sur le plateau.

— Ne faites pas ça, pour l'amour du ciel ! me souffla Valiko et il me regarda de ses yeux clairs marqués par la crainte.

— Que se passe-t-il ?

— C'est de leur part, dit la serveuse en désignant des yeux le groupe de jeunes.

Nous nous tournâmes dans cette direction et croisâmes du regard le garçon qui avait salué Valiko. Il nous fixait, la mine fière et bienveillante. Valiko le

---

1. Eau de table caucasienne. (*N.d.T.*)

remercia d'un signe du menton et hocha la tête d'un air de reproche. Le garçon baissa modestement les yeux. La serveuse repartit avec son plateau vide.

— Je ne veux pas boire, déclarai-je.

— Ce n'est pas obligé, elle n'a qu'à rester là.

Nous nous remîmes à manger. J'eus le sentiment que cette bouteille de vin nous gênait.

Valiko saisit l'eau minérale et demanda laconiquement :

— Je peux ?

— De ça, oui, dis-je en sentant que je faisais la fine bouche.

Nous avalâmes notre verre de Borjomi et réattaquâmes le lobio.

— C'est rudement pimenté, observa Valiko en aspirant bruyamment l'air.

— Oui, acquiesçai-je. Le lobio était vraiment brûlant comme le feu.

— C'est drôle qu'en Russie on n'aime pas beaucoup le poivre, nota-t-il d'un air détaché et il ajouta en portant la main à la bouteille de vin : — c'est sûrement rapport au climat ?

— Sûrement, dis-je en le regardant.

— Ce n'est pas obligé, elle n'a qu'à rester là, déclara-t-il tout en remplissant les verres.

La senteur douce et parfumée qui s'en élevait me chatouilla les narines. Ce vin d'isabelle était aussi foncé que du jus de grenade. Valiko s'essuya les mains à sa serviette et, achevant son radis, il tendit lentement la main vers son verre.

— Rien ne nous oblige à boire, goûte voir, dit-il en me regardant de ses yeux clairs.

— Je ne veux pas, répondis-je en sentant que j'étais le dernier des imbéciles.

— Que je déterre les vieux os de mon père et que je les jette à des chiens puants et dégueulasses si tu ne lèves pas ton verre ! s'exclama-t-il et aussitôt il se tût. L'horreur d'un sacrilège inouï resta gravée dans ses immenses yeux bleus. Je demeurai quelque peu abasourdi sous le coup de cette soudaine imprécation.

— Les vieux os de mon père à des chiens dégueulasses ! résuma-t-il et il s'inclina, résigné, au-dessus de la table.

La peur me saisit.

Ce n'est pas grave, me dis-je, ce n'est pas avec cette bouteille que nous allons nous enivrer. D'autant plus que j'ai sur lui l'avantage de savoir qu'il veut me faire boire alors que lui ne sait pas que je sais.

Nous vidâmes la bouteille jusqu'au dernier verre. Je sentais que je me contrôlais parfaitement, qu'il était impossible de me rouler et que, d'ailleurs, Valiko était un gars sympa et que tout allait comme sur des roulettes.

La serveuse arriva avec deux chachlyks[1] brûlants.

— Sers-leur de notre part une bouteille de vin et une tablette de chocolat pour la dame, dit Valiko, et avec les gestes lents d'un gourmet de sous-préfecture, il fit glisser de la brochette les morceaux de viande tout grésillants.

1. Brochettes de mouton. (*N.d.T.*)

« C'est la coutume entre copains », pensai-je et je dis soudain :

— Servez-leur donc deux bouteilles et deux tablettes...

— Mon invité a dit : deux bouteilles, confirma solennellement Valiko. La serveuse s'éloigna.

Quelques instants plus tard, le garçon de l'autre table hochait la tête d'un air de reproche tandis que Valiko baissait fièrement et modestement les yeux. Puis à son tour, il nous fit porter deux bouteilles de vin, cette fois-ci Valiko hocha la tête d'un air de reproche et même le menaça du doigt, ce à quoi le garçon répondit en baissant la tête avec encore plus de modestie et de fierté.

Nous nous levâmes plusieurs fois de suite et bûmes d'un air grave à la santé de nos nouveaux amis, à celle de leurs vieux parents, et aussi de la belle représentante du grand peuple. Les rayons du couchant lui frappaient le dos et illuminaient ses cheveux, tandis qu'un flot de compliments s'écoulait en sa direction, inondant son visage, son cou et surtout ses épaules dénudées.

— Buvons à la santé du chèvraurochs, proposa Valiko d'un ton plus intime après que nos échanges collectifs de toasts se fussent taris.

— Buvons ! répétai-je, et nous vidâmes notre verre.

— Soit dit en passant, une bonne initiative, déclara Valiko et un demi-sourire énigmatique dont je ne compris pas sur le coup la signification flotta sur ses lèvres.

— Que le ciel fasse qu'elle réussisse ! dis-je.

— Paraît-il qu'ils s'y mettent en Russie...

Le sourire énigmatique n'avait pas disparu.

— On s'y met peu à peu, c'est exact.

— Une affaire d'importance nationale, nota Valiko. A présent ses yeux avaient à leur tour un énigmatique éclat bleu.

— C'est vrai, confirmai-je.

— Je serais curieux de savoir ce qu'en disent les ennemis du chèvraurochs, demanda-t-il.

— Pour l'instant, je crois qu'ils la bouclent.

— Pour l'instant, dit-il lentement d'un air entendu. Le chèvraurochs, ce n'est pas si simple que cela, ajouta-t-il après un instant de réflexion.

— Au début, rien n'est simple, répondis-je en cherchant à comprendre où il voulait en venir.

— Et si on causait d'autre chose... poursuivit-il, et m'inondant soudain de la flamme bleue de ses yeux, il ajouta rapidement : — Si on buvait spécialement à la santé de ses cornes ?

— Buvons ! dis-je et nous vidâmes notre verre. Je ne sais trop pourquoi Valiko se fit tout triste; il planta sa fourchette dans les bouts de viande.

— J'ai une fille, me confia-t-il, et levant sur moi des yeux chagrins, il précisa : elle a trois ans.

— C'est un bel âge, répondis-je pour soutenir de mon mieux cette conversation sur les thèmes familiaux.

— C'est une moufflette et pourtant elle comprend tout, remarqua-t-il avec contrariété.

— C'est très rare, tu as vraiment de la veine, Valiko.

— Oui, je m'échine pour elle. Ne va pas croire que je me plains, je m'échine avec plaisir.

— Je comprends, dis-je sans avoir rien compris à rien.

— Ce n'est pas vrai, devina Valiko.

— Pourquoi ? lui demandai-je et je remarquai tout d'un coup que ses yeux bleus si clairs devenaient vitreux.

— Que je fasse bouillir cette innocente enfant dans le chaudron à mamalyga...

— Oh non ! m'exclamai-je.

— ... dans le chaudron à mamalyga, reprit-il impitoyablement, et que je me mange sa chair tendre de mes propres mains si tu ne me dis pas à quoi sert le chèvraurochs, malgré que je le sache ! proféra-t-il avec la terrifiante passion du chercheur de vérité longtemps réduit au silence.

— A quoi il sert ? Eh bien, la viande, la laine, balbutiai-je.

— Des histoires à dormir debout ! On trouve l'atome dans ses cornes, dit-il d'un ton assuré.

— L'atome ?

— Je sais très bien qu'il y est, mais je ne sais pas encore comment on l'extrait, expliqua-t-il avec conviction. Le demi-sourire mystérieux de celui qui en sait plus qu'il n'en veut dire flottait à présent sur ses lèvres.

Je regardai ses bons yeux bleus perplexes et je compris que je serais incapable de lui ôter cette idée de la tête.

— Je jure sur les cendres de mon grand-père que je ne sais rien ! m'exclamai-je.

— Ça veut dire qu'on ne vous en a pas parlé, dit-il, étonné moins parce que je n'étais pas au courant que parce que l'énigme était plus profonde qu'il ne le supposait.

⁂

Nous sortîmes de l'estaminet. Tiède et étoilé, le sombre firmament s'étendait au-dessus de nos têtes La voûte céleste oscillait, se rapprochait de nous, s'en éloignait, mais chose curieuse, même lorsqu'elle s'éloignait, elle était beaucoup plus près que d'habitude. De grands astres inconnus s'allumaient et scintillaient. Et dans ma tête, des idées bizarres et incongrues s'allumaient et scintillaient. Nous nous étions peut-être rapprochés du ciel après ces agapes. Une constellation brillait obstinément au-dessus de moi. Je sentis tout d'un coup que ces points lumineux me rappelaient quelque chose. Mais c'est la tête du chèvraurochs ! me dis-je tout joyeux. Un de ses yeux est minuscule, presque aveugle, tandis que l'autre, immense, clignote sans arrêt.

— La Constellation du Chèvraurochs, annonçai-je.

— Où ça ? demanda Valiko.

— Là-bas, répondis-je en lui passant un bras autour de la taille et en la lui montrant.

— Ça veut dire qu'on l'a déjà rebaptisée ? interrogea Valiko en regardant les cieux.

— Oui, dis-je, les yeux rivés au même endroit.

C'était vraiment la tête du chèvraurochs, à cette différence près qu'un de ses yeux ne cessait de clignoter; moi, je n'arrivais vraiment pas à comprendre ce que cela signifiait.

— S'il y a quelque chose qui ne va pas, pardonne-moi, me dit Valiko.

— C'est à toi de me pardonner.

— Si tu veux voir le chèvraurochs en train de roupiller, je vais t'y conduire, proposa-t-il.

— Non, j'ai une mission urgente à accomplir.

— Si tu veux bien me pardonner, je pars, j'ai encore le temps d'aller au ciné.

Nous nous serrâmes entre nos bras comme des frères. Valiko monta dans sa camionnette.

— Ne te sauve pas, attends le car de Zougdidi.

J'avais l'espoir insensé qu'il n'arriverait pas à mettre son moteur en route. Mais celui-ci ronfla au quart de tour et Valiko me cria une seconde fois :

— Ne monte pas dans un autre, attends celui de Zougdidi.

Pendant quelques instants, le bruit du moteur troua les ténèbres, puis tout retomba dans le silence. Etoiles, solitude, tiède nuit d'été...

De l'autre côté de la route, j'aperçus un parc sombre, plus loin s'étendait la mer d'où parvenait, étouffé par la verdure, le roulis des vagues.

J'eus envie d'aller au bord de l'eau. Je me levai et traversai la route. Je me rappelais que je devais attendre l'autocar mais je conçus l'idée excentrique que je pouvais fort bien le faire sur la plage.

Je suivis le sentier du parc cerné par les silhouettes noires des cyprès et les spectres clairs des eucalyptus. Un vent frais soufflait de la mer, les feuilles d'eucalyptus émettaient un tintement à peine distinct. De temps à autre, je jetais un coup d'œil sur le ciel. La Constellation du Chèvraurochs était toujours à la même place.

Je n'étais pas ivre au point d'être hors d'état de réfléchir, mais tout juste assez pour me dire que j'en étais capable.

Un couple était assis sur un banc au bord de

l'eau. J'allai droit vers lui. Les amoureux me montrèrent silencieusement leur visage au reflet bleuté.

— Poussez-vous, dis-je au garçon et sans attendre d'avoir été invité, je m'assis entre eux. La jeune fille eut un rire bref.

— Ne craignez rien, dis-je gentiment, je vais vous montrer quelque chose.

— Mais nous n'avons pas peur, dit le garçon d'une voix que je ne jugeais guère assurée.

Je ne prêtai aucune attention à ces paroles.

— Regardez le ciel, dis-je à la jeune fille d'une voix normale. Qu'est-ce que vous apercevez là-bas ?

Elle leva les yeux, puis me regarda, essayant de deviner si j'étais soûl ou dingue.

— Des étoiles, répondit-elle d'une voix exagérément naturelle.

— Mais non, regardez donc par là, expliquai-je patiemment, et voulant diriger le plus précisément possible son regard sur la Constellation du Chèvraurochs, je lui pris l'épaule.

— Allons-nous-en, ça va fermer, avertit le garçon d'une voix lugubre, désireux d'éviter la catastrophe.

— Comment ça va fermer ? dis-je d'un ton fort courtois en me tournant vers lui.

J'étais tout content de sentir à la fois qu'il avait peur de moi et que j'étais d'une extrême correction.

— Le centre de vacances du Roc va fermer, précisa-t-il.

Je me rendis compte qu'il existait entre la Constellation du Chèvraurochs et le centre de vacances du Roc je ne sais quelle mystérieuse consonance, une sorte de lien dangereux.

— J'aimerais bien savoir pourquoi vous avez parlé

du centre du Roc ? demandai-je au garçon d'un ton plus sévère qu'il ne l'aurait fallu.

Il restait silencieux. Je regardai la jeune fille. Elle s'était frileusement enveloppée dans la jaquette de laine posée sur ses épaules, comme si le froid cosmique s'exhalait de ma personne.

Je fixai à nouveau le ciel. Le museau du chèvraurochs tracé en points brillants chavirait, se rapprochait et s'éloignait à tour de rôle. Le grand œil clignotait de temps à autre. Je comprenais que cela signifiait quelque chose, mais j'étais incapable de deviner quoi.

— Le centre du chèvraurochs est le meilleur de tous, confiai-je à la jeune fille.

— Peut-être pourrions-nous partir ? demanda-elle tout doucement.

— Allez, répondis-je avec un calme qui laissait malgré tout entendre que leur attitude m'avait vivement déçu.

Un instant plus tard, ils avaient disparu comme par enchantement. Je fermai les yeux et me cassai les méninges pour savoir ce que signifiait le clignotement du chèvraurochs. Les coups réguliers frappés par les vagues m'envoyaient des bouffées de douce fraîcheur et me faisaient perdre connaissance l'espace d'un éclair; aussitôt après, ma conscience émergeait du néant, comme un fragment de rocher de l'écume marine.

J'ouvris brusquement les yeux et face à moi j'aperçus deux miliciens.

— Vos papiers, demanda l'un d'eux.

Je sortis comme un automate ma carte d'identité de ma poche; je la lui tendis et refermai les yeux.

Puis je les rouvris et fus tout surpris de les revoir à la même place. Il me semblait que beaucoup de temps s'était écoulé.

— Il est interdit de dormir ici, dit le milicien en me rendant mes papiers.

— J'attends le car de Zougdidi, expliquai-je et je refermai les yeux, ou plus exactement je mis fin à mes efforts pour les garder ouverts.

Les miliciens se mirent à rire doucement.

— Savez-vous l'heure qu'il est ? demanda l'un d'eux.

J'éprouvai une sensation désagréablement anormale à mon poignet droit, je secouai le bras et m'aperçus que ma montre avait joué la fille de l'air.

— Ma montre ! m'exclamai-je en bondissant sur mes jambes. On m'a fauché ma montre !

J'étais du coup réveillé et dessoûlé. Il faisait déjà clair. Un vent humide soufflait de la gorge, en provenance de la montagne, et de violents rouleaux agitaient la mer. En face de nous, sur la plage, un vieux vacancier faisait sa gymnastique matinale. Il s'accroupit lentement, mais très lentement, sur ses jambes longues et fines. Cela lui avait coûté un tel effort qu'on se demandait avec angoisse s'il pourrait jamais se relever. Ayant récupéré, il se releva lentement en chancelant, tendit les bras et resta immobile dans cette position, occupé à tour de rôle à rétablir l'équilibre et à écouter ce qui se passait dans son corps après cet exercice.

Comme moi, les miliciens observaient le vieux monsieur. Tranquillisé sur son sort, l'un d'eux me demanda :

— De quelle marque ? Une *Pobéda* ?

— Une *Doxa,* répondis-je le cœur gros et dans le même temps fier de l'importance de ma perte, car il s'agissait d'une montre suisse.

— Avec qui étiez-vous ? demanda l'autre.

— J'étais seul, répondis-je à tout hasard.

— Allons au poste, nous dresserons un constat, dit celui à qui j'avais remis mes papiers, si on la retrouve, on vous en avisera.

— Allons, répondis-je, et nous prîmes le chemin du commissariat.

J'avais le cœur gros d'avoir perdu ma montre, je m'y étais habitué comme à une compagne vivante. C'était mon oncle qui me l'avait offerte à la fin de mes études secondaires, je la portais depuis des années et des années et je n'avais pas eu le moindre pépin : étanche, antimagnétique, incassable, avec un cadran noir phosphorescent qui ressemblait à un firmament en miniature. Il m'arrivait de l'oublier dans les lavabos de l'Institut, chaque fois, la femme de ménage ou un de mes camarades me la rapportait et j'étais certain qu'en plus de toutes ses qualités, elle était aussi imperdable.

— Vous avez des papiers pour votre montre ? demanda l'un des miliciens.

— Comment voulez-vous que j'en aie, c'est une prise de guerre, un cadeau de mon oncle.

— Vous vous rappelez le numéro ? redemanda-t-il.

Nous traversâmes le parc en diagonale et débouchâmes dans une paisible rue inconnue. Là, comme dans toute la ville, se dressaient des maisons en rez-de-chaussée perchées sur de longs pilotis rachitiques. Les habitants de cette cité n'avaient d'autre occupation que de bâtir des demeures de ce type. Une fois la maison bâtie, le propriétaire la vendait ou l'échangeait à droite ou à gauche en versant une somme complémentaire parce que la nouvelle maison présentait certains avantages; lesquels, c'était un mystère pour moi, car elles se ressemblaient toutes comme des gouttes d'eau. Les propriétaires ne logeaient presque jamais dans ces demeures; la moitié de l'année, ils les louaient à des vacanciers pour se faire de l'argent et entreprendre avec frénésie la construction d'une nouvelle baraque aux pattes encore plus longue et rachitiques. En ces lieux, la seule phrase : « Il se construit une maison » suffisait à vous placer son homme.

Il se construit une maison, cela veut dire qu'un tel est quelqu'un comme il faut, un homme de bien, un personnage respectable. Il se construit une maison, cela veut dire qu'il a une activité en dehors de son métier, qu'il a pris racine et que quoi qu'il arrive il ne fuira jamais; par conséquent, il est digne de confiance; on peut donc l'inviter aux noces, aux repas d'enterrement, lui donner sa fille en mariage ou se marier à sa fille, et de manière générale avoir affaire à lui.

Je n'explique pas ceci parce qu'on m'a fauché ma montre dans cette ville, je le pensais déjà avant d'y venir. Je n'éprouve même pas de jalousie personnelle, parce qu'une maison n'est rien de plus qu'un symbole, pas même la maison d'ailleurs, mais le fait d'être en train d'en construire une. Si par exemple on décidait que désormais la dignité d'un homme se mesure au nombre de paons que compte sa basse-cour, tous se lanceraient tête baissée dans l'élevage des paons, on se mettrait à les échanger, à leur palper la queue, à vanter la grosseur de leurs œufs. La passion d'affirmer sa personnalité s'exprime dans les symboles les plus divers, parfois même les plus inattendus, pourvu seulement qu'ils soient suffisamment ostensibles et qu'ils aient nécessité une dépense d'énergie considérable.

J'entendis grincer un portillon et nous entrâmes dans le jardinet verdoyant de la milice. Le gazon épais, haut et bouclé, semblait très bien soigné. Au milieu, un mûrier étendait ses larges branches à l'abri desquelles étaient solidement plantés en terre un banc et une petite table accueillante servant à jouer aux dames ou aux dominos. Des rangées de jeunes pommiers s'alignaient le long des halliers. C'était assurément le plus charmant jardinet de commissariat qu'il m'avait été donné de voir. Et on imaginait sans peine le brigadier, à l'automne, en train d'y faire ses confitures entouré de délinquants ramenés sur le droit chemin.

Un sentier bien tracé conduisait au poste de police.

Un milicien était assis derrière la barrière de la salle, et un garçon et une jeune fille, sur le long banc près de l'entrée. La fille ressemblait à celle de la veille, à cette différence près qu'elle ne portait pas de jaquette. Je la fixai dans les yeux avec une vive curiosité.

L'un des miliciens disparut je ne sais où, le second s'assit sur le banc et me dit :

— Rédigez une plainte.

Puis il toisa les deux jeunes et regarda son collègue derrière la barrière.

— Ils se baladaient sans papiers, expliqua l'autre d'un ton insipide.

La jeune fille se retourna, elle regardait à présent la porte ouverte. Une fois de plus, il me sembla reconnaître la fille de la veille.

— Où est votre jaquette ? demandai-je soudain, sentant grandir en moi la fièvre du détective.

— Quelle jaquette ? répondit-elle et m'ayant décoché un regard hautain elle se tourna à nouveau vers la porte. Le garçon m'examina d'une mine inquiète.

— Excusez-moi, balbutiai-je, je vous ai confondue avec une fille que je connais.

J'avais compris au son de sa voix que ce n'était pas elle. Si je ne suis pas physionomiste, j'ai une bonne mémoire auditive. Je sortis mon bloc-notes, m'approchai de la barrière et me mis à réfléchir au texte que je devais écrire.

— Pas sur ça, avertit l'agent de l'autre côté de la barrière, et il me remit une feuille vierge.

Je me résignai comprenant qu'on ne m'autoriserait pas, une fois de plus, à utiliser mon bloc-notes.

— Relâchez-nous, camarade milicien, bredouilla le jeune homme, il n'y a pas de quoi en faire tout un plat...

— Le camarade capitaine va venir et il tirera l'affaire au clair, répondit d'une voix nettement conciliante le milicien assis derrière la barrière.

Le garçon se tut. Par la fenêtre ouverte s'insinuait le bruit lointain que faisaient le balai du concierge et le gazouillis des petits oiseaux.

— Vous n'avez pas fini de nous faire poireauter ! s'exclama la jeune fille furieuse, voici une heure et demie qu'on nous retient ici.

— Ne soyez pas mal polie, mademoiselle, dit le milicien sans élever la voix ni changer de position. Il était assis devant une table, la joue calée contre la main, mélancolique et mal réveillé. Le camarade capitaine fait sa ronde. Il y a eu des viols par ici, ajouta-t-il avec un instant de réflexion, et vous vous baladez sans vos papiers.

— Ne racontez pas de sottises ! dit sévèrement la jeune fille.

— C'est trop instruit, ça manque de modestie, observa tristement le milicien sans changer d'expression.

Je rédigeai ma plainte, du regard il me fit signe de la poser sur la table.

A ce moment, la porte derrière la barrière s'ouvrit et livra passage à un homme dodu et de haute taille qui frissonnait tout en caressant son beau visage replet.

— Voici le camarade capitaine ! s'exclama joyeusement le milicien et, bondissant avec entrain sur ses pieds, il lui céda sa place.

— Je ne crois pas avoir entendu la voiture, constata la jeune fille avec témérité et elle se retourna aussitôt vers la porte.

— De quoi s'agit-il ? demanda le capitaine en s'asseyant et en examinant la jeune fille d'un œil sombre.

— Ils se baladaient sans papiers, claironna le milicien. Ils ont été découverts aux environs de quatre heures du matin dans la zone côtière. Elle dit qu'elle n'a pas voulu réveiller sa logeuse et que son ami habite à l'autre bout de la ville.

— Camarade capitaine... commença le garçon.

— File chercher tes papiers, je la garde en otage, l'interrompit le capitaine.

— Mais voyons, les cars ne circulent pas encore.

— Pas d'importance, jeune homme, vas-y au pas de course, répondit le capitaine et il jeta un regard interrogatif sur ma personne.

— Voici sa plainte, camarade capitaine, dit en désignant la table le milicien debout derrière la barrière. Le milicien qui m'avait accompagné au poste était à présent debout, plein d'allant, tout prêt à fournir les précisions voulues.

— Ne t'inquiète pas, je reviens dans un instant, chuchota le jeune homme à son amie, et il s'enfuit à toutes jambes. La jeune fille ne répondit pas.

Le bruit du balai qui se rapprochait régulièrement et le chant frénétique des oiseaux entraient à présent par la fenêtre ouverte. Les lèvres du capitaine remuèrent tout doucement.

— Vous avez les papiers ? demanda-t-il en relevant la tête.

— C'est une prise de guerre, répondis-je, un cadeau de mon oncle.

— Qu'est-ce que c'est que cette histoire d'oncle ? dit le capitaine en fronçant le sourcil. Montrez-moi votre carte d'identité.

— Ah bon, dis-je en obtempérant.

— Il était en train de dormir sur la plage, expliqua celui qui m'avait conduit au poste, quand nous l'avons réveillé, il a dit qu'on lui avait volé sa montre.

— Drôle de salade, vraiment, dit le capitaine en

me dévisageant avec curiosité, vous écrivez que vous attendiez le car de Zougdidi et on vous a réveillé au bord de l'eau. Vous attendiez peut-être qu'il sorte des flots ?

Les deux miliciens rirent sous cape.

— Le car de Zougdidi passe à onze heures du soir, et nous, nous l'avons réveillé à six heures du matin, observa le même milicien, l'air de découvrir les nouveaux aspects de la perspicacité de son supérieur hiérarchique.

— Peut-être attendiez-vous qu'il revienne ? demanda le capitaine. On sentait bien qu'il se mettait en quatre pour découvrir le sens de mes actions.

— Oui, qu'il revienne de Zougdidi, dis-je sans trop savoir pourquoi, peut-être pour tranquilliser le capitaine.

— Dans ce cas, c'est différent, répondit-il en me restituant ma carte d'identité.

Puis il me demanda :

— Où travaillez-vous ?

— Au journal *Les Subtropiques Rouges*, répondis-je en tendant la main pour récupérer ma carte d'identité.

— Mais alors, pourquoi n'êtes-vous pas descendu à l'hôtel ? dit-il avec un étonnement renouvelé, sur quoi il rouvrit ma carte d'identité. Cela va faire mauvais effet, ajouta-t-il en claquant la langue, que vais-je pouvoir dire à Avtandil Avtandilovitch ?

Dieu du ciel, pensai-je, mais ils se connaissent tous dans ce coin !

— Mais pourquoi iriez-vous le lui raconter ? demandai-je.

Il ne manquait vraiment plus que cela, que mon

rédacteur en chef apprît qu'on m'avait fauché ma montre ! On se mettrait à m'interroger, à me soupçonner, d'autant plus qu'on n'aimait guère les malchanceux.

— Cela va faire mauvais effet, répéta pensivement le capitaine, vous êtes venu dans notre ville et vous y avez perdu votre montre... Que va penser Avtandil Avtandilovitch ?...

— Vous savez, je crois bien que je l'ai laissée à Orékhévy Klioutch...

— Orékhévy Klioutch ? répéta le capitaine en sursautant.

— Oui, j'y suis allé faire un reportage sur les chèvraurochs.

— Je sais, une initiative intéressante, nota le capitaine en m'écoutant avec attention.

— Et il me semble vraiment que j'y ai laissé ma montre.

— Eh bien, nous allons téléphoner à l'instant, fit le capitaine tout joyeux en saisissant l'appareil.

— Ce n'est pas la peine ! m'écriai-je en faisant un pas dans sa direction.

— Ah ah ! dit-il en se tapant le creux de la main et une idée malicieuse vint illuminer son visage, je comprends tout à présent, on a organisé une petite réception en votre honneur...

— Oui, oui, c'est ça.

— Soit dit en passant, Vakhtang Botchoi y est allé, observa le milicien qui m'avait conduit au poste.

— ... une petite réception, reprit le capitaine en exploitant son filon, vous avez donné votre montre à un copain, on vous a fait cadeau d'un porte-cigarettes, acheva-t-il et il me dévisagea d'un air bizarre et victorieux.

— Quel porte-cigarettes ?

— En argent, expliqua gentiment le capitaine.

— Non, je l'ai offerte sans contre-partie.

— Cela ne se fait pas, répliqua obligeamment le capitaine, à moins qu'on ne vous ait promis un cadeau. Pourquoi restez-vous debout ? Asseyez-vous, ajouta-t-il en sortant de sa poche un paquet de cigarettes. Vous fumez ?

— Oui, dis-je en prenant une cigarette. Le capitaine me laissa aspirer une bouffée et alluma la sienne.

Le milicien qui était derrière la barrière disparut par la porte intérieure dès que son capitaine eut commencé à fumer. Celui qui m'avait conduit au poste se tenait toujours debout, à la même place, discrètement appuyé contre le bord de fenêtre.

— L'année dernière, je suis allé en Svanétie [1], expliqua le capitaine en envoyant une volute de fumée au plafond. Le commissaire de police a organisé une petite réception en mon honneur. Nous avons bien mangé, bien bu, et voilà qu'on m'offre un cerf. Un cerf, je me demande bien pourquoi ? Si je refusais, c'était un affront mortel. J'ai accepté et j'ai promis à mon tour au commissaire deux caisses de cartouches. Je les lui ai envoyées dès que je suis rentré.

— Et le cerf, vous l'avez pris ?

— Bien sûr que oui. Je l'ai gardé une semaine à

---

1. Région du Caucase. (*N.d.T.*)

la maison, et ensuite mon fils l'a amené à l'école. Nous allons faire un chèvraurochs avec, m'a-t-il dit. Faites ce qui vous chante, ai-je répondu, de toute manière, il est impossible de garder un cerf en ville.

Le capitaine aspira une longue bouffée. La placidité et la bienveillance étaient inscrites sur son visage arrondi. J'étais heureux qu'il eût oublié la montre. C'eût été vraiment déplaisant que mon rédacteur en chef apprît ma mésaventure.

— Les Svanètes ont des tables parfaites, poursuivit le capitaine, mais le raki gâche tout...

Il me regarda et fit la grimace.

— ... Une bien mauvaise boisson, ajouta-t-il d'un ton conciliateur, mais en somme tout est question d'habitude...

— Bien sûr, renchéris-je.

— Mais à Orékhévy Klioutch, le vin d'isabelle est du vrai sang d'aigle...

Le vôtre non plus n'est pas mauvais, me dis-je intérieurement.

Le capitaine rit doucement et me demanda de but en blanc :

— Vous avez vu cet agronome qui dort tout le temps ?

— Oui, comment cela se fait-il ?

— Un drôle de bonhomme, expliqua-t-il en riant, il a la maladie du sommeil. Malgré cela, c'est le premier spécialiste du thé. Il n'a pas son pareil dans tout le district.

— En effet, ils ont de superbes plantations, dis-je revoyant la silhouette de Gogola émergeant audessus des buissons verts.

— L'année dernière, il y a eu un vol au kolkhoze. Leur coffre-fort s'est volatilisé.

— Leur coffre-fort ?

— Oui, leur coffre-fort, répéta le capitaine. Je me suis rendu personnellement sur les lieux. Les monte-en l'air ont bien été capables de l'enlever mais pas de l'ouvrir. L'agronome endormi nous a aidés à le retrouver. Très intelligent, cet homme... Mais il faut bien le dire, le vin d'isabelle est traître, poursuivit le capitaine qui ne tenait guère à s'éloigner de son sujet capital, vous avalez ça comme de la limonade, c'est ensuite que vous avez de ses nouvelles.

Il me regarda, porta les yeux sur la jeune personne et lui dit :

— Vous pouvez partir, ma petite, seulement à présent, il ne faudra plus vous balader si tard.

— Je vais l'attendre, déclara-t-elle et elle se tourna vers la sortie d'un air hautain.

— Attendez-le donc dans le jardin, vous entendrez les oiseaux.

Il ajouta d'un ton sévère, cette fois-ci :

— Evitez de lier connaissance avec n'importe qui, vous êtes libre à présent.

La jeune fille s'en fut en silence. Le capitaine fit un signe de tête dans sa direction et dit :

— Elles se fâchent quand on prend des mesures préventives, et après elles accourent ici pleurer : « J'ai été violée ! Dépouillée ! » Qui ? Elles n'en savent rien. Son adresse ? Elles n'en ont pas la moindre idée. Comment vous êtes-vous trouvée en sa compagnie ? Silence.

Le capitaine posa sur moi un regard offusqué.

— C'est jeune et ça ne sait pas, fis-je.

— Très juste, dit le capitaine.

Dans le jardin du commissariat, les oiseaux piaillaient à qui mieux mieux. A présent, le balai du concierge faisait son office juste devant la porte.

— Kostia, dit le capitaine au milicien, arrose le trottoir et le jardin avant qu'il ne fasse trop chaud.

— Bien, camarade capitaine.

— Demain, tu iras au cirque, annonça-t-il en l'arrêtant sur les seuil.

— Bien, camarade capitaine, répéta-t-il avec joie avant de quitter la salle.

— Quel cirque ? demandai-je, et aussitôt j'eus peur d'avoir mis les pieds dans le plat, peut-être usaient-ils d'un langage conventionnel.

— Le cirque est de passage ici, répondit tout bonnement le capitaine, alors j'envoie mes meilleurs hommes surveiller les représentations pour les récompenser.

— Ah bon ! fis-je soulagé d'avoir compris.

— Un garçon consciencieux et qui a de la jugeotte, expliqua le capitaine ponctuant ses paroles d'un signe de tête en direction de la porte. Vingt-trois ans seulement et déjà il se construit une maison !

— Bon, eh bien, je vais m'en aller moi aussi.

— Pourquoi vous dépêcher ? dit le capitaine en regardant sa montre, le car de Zougdidi ne passera que dans une heure et quarante-trois minutes...

Je me rassis.

— ... vous savez quel est le meilleur plat pour accompagner le vin d'isabelle ?

Il me regardait avec une bienveillante perfidie.

— Les brochettes de viande.

— Pardon, cher camarade, répliqua le capitaine non sans plaisir, et à ces mots, il franchit la barrière, sentant que j'étais un dilettante qu'il fallait travailler et retravailler. Le vin d'isabelle aime la viande bouillie assaisonnée à l'adjik. Surtout la viande du dos, cela s'appelle le filet, m'expliqua-t-il en portant la main à sa nuque. Mais la cuisse n'est pas mauvaise non plus, ajouta-t-il après un instant d'hésitation sur le ton d'un homme soucieux de justice avant tout, en tout cas peu désireux de manifester son étroitesse de vue en se limitant au filet. La viande à l'adjik donne soif, précisa-t-il en se plantant devant moi. Vous ne voulez pas boire, mais l'organisme réclame son dû !

Le capitaine leva joyeusement les bras au ciel, l'air de dire : rien à faire puisque c'est l'organisme qui réclame son dû. Il se remit ensuite à arpenter la salle :

— Par contre, le vin blanc n'aime pas la viande, dit-il de but en blanc comme pour se mettre en garde et, s'étant arrêté, il me scruta d'un œil inquiet.

— Et qu'est-ce qu'il aime ? demandai-je d'un ton soucieux.

— Le vin blanc aime le poisson, déclara-t-il tout simplement. La vive, le mulet ou bien encore le poisson des montagnes, la truite. Fi, fi, fi, sifflota-t-il de satisfaction. Et le poisson n'a besoin d'autre condiment que la sauce à la mirabelle avec quelques crudités.

Et comme s'il venait d'apercevoir les autres garnitures avec une grimace de répulsion, il les écarta d'un geste énergique de la main.

Nous bavardâmes un bon moment encore; persuadé qu'il s'était suffisamment éloigné de ma montre, je lui fis mes adieux et sortis du poste. Aussitôt, il me rappela :

— Prenez votre plainte, me dit-il en me la remettant.

— Ne vous tracassez pas, ajouta-t-il en voyant combien il m'était peu agréable d'aborder ce sujet, les cadeaux faits de plein gré sont pour ainsi dire une coutume nationale chez nous.

Après cette brève consultation juridique, je lui renouvelai mes adieux et m'en fus.

Le jardin humide étincelait sous le soleil matinal qui ne chauffait guère encore. Le milicien arrosait à la lance un jeune pommier. Lorsque le jet d'eau atteignait les feuilles, on entendait un bruissement assourdi, un puissant et bienheureux frémissement les parcourait et une poussière irisée s'échappait du feuillage mouillé, agité de soubresauts.

La jeune fille était assise sous le mûrier et les yeux fixés sur le portail, elle attendait son bien-aimé.

Arrivé dans la rue, je déchirai mon papier en mille morceaux que je jetai dans une corbeille à ordures. J'attrapai l'autocar de justesse. Pendant tout le chemin du retour, je rédigeai mentalement mon futur reportage sur le chèvraurochs d'Orékhévy Kloutch. J'avais l'impression que la douleur causée par la disparition de ma montre donnerait un secret lyrisme à mon article, ce qui me consolait plus ou moins.

*
* *

Arrivé chez moi, je décidai de raconter qu'on m'avait subtilisé ma montre à l'hôtel. Mon oncle qui, croyais-je, avait oublié mon cadeau depuis longtemps, accueillit fort mal cette nouvelle. Je dois préciser qu'il était un des meilleurs chauffeurs de taxi bien connu dans notre ville. Deux jours après mon retour, il débarqua à la maison avec ses clients et se mit à me poser mille et une questions.

— J'ai partagé ma chambre avec un inconnu. Le matin, je me lève : plus de voisin ni de montre, dis-je d'un ton contrit.

— Quelle tête il avait ? demanda mon oncle enflammé par une fièvre de vendetta.

— Quand je suis entré, il dormait.

— Andouille, va ! déclara mon oncle, d'abord il ne dormait pas, il faisait semblant. En ensuite ?

— Le matin, je me lève, plus de voisin ni de montre...

— Change de disque, m'interrompit-il avec impatience, est-il vraiment possible que tu n'aies pas vu quelle bobine il avait ?

— Il se cachait sous la couverture, fis-je d'un ton bien assuré. J'avais peur de lui dire quelque chose de précis. Je craignais qu'avec son naturel résolu il ne lui prît la fantaisie de m'amener tous ses clients suspects, jusques et y compris au journal.

— La tête sous la couverture, par cette chaleur ! s'exclama-t-il. Rien que cela doit suffire à mettre sur ses gardes celui qui n'est pas complètement idiot. Et ta montre, où était-elle ?

— Sous mon oreiller, dis-je avec fermeté.

— Pourquoi ? interrogea-t-il en fronçant le sourcil. Il ne fallait pas l'ôter, tu sais bien qu'elle est incassable.

En vérité, je ne l'avais pas ôtée et j'étais à deux doigts de le lui dire : heureusement que je me ravisai in extremis.

— Et l'administration de l'hôtel, qu'est-ce qu'elle a dit ? poursuivit mon oncle sans désemparer.

— Elle a dit qu'il aurait fallu la laisser en dépôt, répondis-je en me rappelant le règlement des bains publics.

Je crois bien qu'il aurait fini par me confondre avec cette avalanche de questions si les clients n'avaient manifesté leur impatience sous nos fenêtres. Ils commencèrent par klaxonner, puis allèrent cogner à la fenêtre.

— Quand je passerai par là, j'irai faire un saut chez eux et ils auront de mes nouvelles ! promit-il tout en fonçant dans la rue.

Il était si affligé que je me demandais s'il ne caressait pas le dessein de me reprendre ma montre au bout d'un certain délai. C'est ensuite que je devinai que la perte d'un cadeau est ressentie par son auteur comme une marque d'ingratitude. Celui qui vous offre quelque chose fait un dépôt, comme à la caisse d'épargne, dans le but de toucher un intérêt réduit (comme à la caisse d'épargne), mais en revanche ad vitam aeternam, je veux parler de la reconnaissance du bénéficiaire. Et voilà que deux tuiles lui tombent à la fois sur la tête : le dépôt est perdu, la source de la reconnaissance tarie.

Heureusement, aucun client ne demanda à être conduit dans cette ville et mon oncle finit par se calmer. Mais je viens d'anticiper, et je dois revenir au jour où je suis rentré de reportage. A la vérité, cela ne me dit pas grand-chose, car ce jour-là ne fut pas entièrement agréable, pourtant j'y suis obligé pour que mon récit soit bien clair.

*
* *

Donc, à neuf heures précises (sonnantes à l'horloge de la tour), j'entrai dans la salle de rédaction. Platon Samsonovitch était déjà derrière son bureau. M'ayant aperçu, il frétilla d'aise et sa chemise fraîchement amidonnée émit un craquement comme si le contact avec son corps desséché l'avait électrisé. Je compris qu'une idée sensationnelle lui était venue à l'esprit, parce qu'il avait une façon bien à lui de célébrer tout nouveau fruit de son imagination créatrice : il enfilait chaque fois une chemise propre. Et si du point de vue de l'hygiène, on pouvait estimer qu'il ne changeait pas assez souvent de chemise, du point de vue des idées inédites, il se trouvait en état de perpétuelle effervescence. Je ne m'étais pas trompé.

— Tu peux me féliciter ! s'exclama-t-il, j'ai une idée originale.

— Laquelle ?

— Ecoute, me dit-il, le visage modérément rayonnant, tu vas tout comprendre à l'instant.

Il approcha de lui une feuille de papier où il inscrivit une formule tout en me fournissant les explications voulues :

— Je propose de croiser le chèvraurochs avec la chèvre lainière tadjike. Nous obtiendrons alors :

$$\text{Chèvre} \times \text{Aurochs} = \text{Chèvraurochs}$$

$$\text{Chèvraurochs} \times \text{Chèvre (tadj.)} = \text{Chèvraurochs}^2$$

Si le chèvraurochs au carré doit y perdre quelque peu pour la hauteur des sauts, il y gagnera deux fois sur le plan de la production de laine. Fameux, n'est-ce pas ?

Il lâcha son crayon et me fixa de ses yeux étincelants.

— Et où prendrez-vous une chèvre tadjike ? interrogeai-je en m'efforçant d'étouffer le vague sentiment de danger que dégageaient ses yeux.

— Je vais à la Direction de l'agriculture, dit-il en se levant, nous devons être aidés. Eh bien, ce voyage?

— Pas mal, répondis-je en sentant que Samson Platonovitch était à présent bien loin de moi et qu'il ne m'avait posé qu'une question de pure forme, par simple courtoisie.

Il courut à la porte, revint aussitôt sur ses pas et glissa dans son tiroir la feuille portant la nouvelle formule. Il le referma à clé, le tira pour s'assurer qu'il ne s'ouvrait pas et empocha la clé.

— Pour l'instant, motus, me recommanda-t-il en guise d'adieu, écris ton papier, nous le remettrons aujourd'hui.

La supériorité de l'ingénieur qui pense sur le simple exécutant perçait dans sa voix. Je pris place à mon bureau, approchai de moi une pile de feuilles vierges, sortis mon stylo et me préparai à écrire.

Je ne savais par quoi commencer. Je sortis mon bloc-notes que je feuilletai sans trop savoir pourquoi, étant donné qu'il ne portait pas la moindre inscription.

A en croire notre journal, on avait l'impression qu'hormis les moins conscients, les kolkhoziens n'avaient d'autre préoccupation que le chèvraurochs. Au village d'Orékhévy Klioutch, tout paraissait beaucoup moins exaltant. Je compris qu'il serait naïf d'attenter à la gloire du chèvraurochs et décidai d'appliquer la méthode d'Illarion Maximovitch, c'est-à-dire de développer l'idée centrale assortie d'un léger correctif négatif en fonction des conditions locales. Tandis que je réfléchissais aux premières lignes, la porte s'ouvrit livrant passage à la jeune employée du Service du Courrier.

— Une lettre pour vous, dit-elle en m'examinant d'un drôle d'air. Je pris la lettre et la décachetai. La jeune fille était toujours sur le seuil. Je la regardai. Elle fit demi-tour à contre-cœur et referma lentement la porte.

Mon camarade de Moscou m'écrivait que la nouvelle de notre intéressante initiative leur était parvenue, mon ex-rédacteur en chef me réclamait un article car, bien que je les eusse quittés, ils n'en continuaient pas moins à me considérer comme un de leurs confrères qu'ils avaient eu le privilège de former.

Mon camarade me citait ces paroles avec une certaine ironie. Je préciserai au passage que les lettres étaient l'unique forme de correspondance dans laquelle il se permettait d'ironiser.

J'apprenais de la sorte qu'ils avaient commencé

par me former et qu'ensuite, c'était moi qui les avais quittés.

Je ne puis dire que le reste de la lettre m'ait causé davantage de plaisir. Mon camarade m'apprenait qu'il la voyait de temps à autre en compagnie du commandant. On racontait qu'elle l'avait épousé, mais la chose n'était pas certaine, ajoutait-il en conclusion.

Bien sûr que c'est exact ! pensai-je. J'écartai la lettre. Je notais que les amis atténuent parfois les mauvaises nouvelles par pitié non pour le destinataire mais plutôt pour eux-mêmes, pour se dispenser de manifester la compassion de rigueur, de vous appeler à vous montrer courageux, ou bien de vous réconforter.

Je ne voudrais rien exagérer. Le sang n'afflua pas à ma gorge, la vieille plaie ne se rouvrit pas. Je ressentis plutôt une sorte de douleur sourde, semblable à celle qui atteint les rhumatisants quand le temps va changer. Je décidai alors de l'utiliser pour rédiger mon papier, je voulais qu'elle me rendît service au même titre que la montre volée.

J'ai pour principe que tout revers contribue à la réussite à condition de savoir s'y prendre. Comme j'ai pas mal d'expérience en matière de tuiles, je connais l'art et la manière de les utiliser.

Il ne faut toutefois pas comprendre de manière primitive la formule « utiliser les revers ». Par exemple, si on vous a fauché votre montre, cela ne veut pas dire que vous apprendrez séance tenante à lire l'heure sur un cadran solaire. Ou que vous deviendrez heureux sur-le-champ, puisque, comme le veut un proverbe de chez nous, vous n'aurez plus aucun motif d'avoir les yeux rivés dessus.

Mais là n'est point l'essentiel. L'essentiel, c'est cette fureur juste mais stérile qui vous saisit après chaque revers. La dite fureur surgit sous sa forme pure, arrachée pour ainsi dire par vos ennuis, et vous vous empressez de l'utiliser dans le sens voulu tandis qu'elle agite encore votre sang.

En la circonstance, il ne faut pas se laisser détourner par des broutilles, ce qui malheureusement arrive à beaucoup de gens.

Telle personne en proie à une noble fureur veut, par exemple, téléphoner et accomplir ne serait-ce que de cette manière l'acte le plus audacieux, le plus marquant de son existence, et voilà que l'appareil automatique engloutit son jeton sans qu'elle obtienne sa communication. Alors, notre héros se débat soudain dans d'atroces convulsions en maniant désespérément le levier du téléphone comme s'il s'agissait de l'anneau d'un parachute qui refuse obstinément de s'ouvrir. Et ensuite, avec un manque de logique encore plus flagrant, il s'évertue à glisser son visage dans la fente destinée au jeton, laquelle n'est pas plus large qu'une boîte d'allumettes, et par voie de conséquence, de faire entrer sa tête là où il lui est absolument impossible de passer. Bon, admettons qu'en définitive il soit parvenu à ses fins, que verra-t-il dans cette funeste fente ? Même s'il aperçoit son jeton, parviendra-t-il pour autant à le récupérer avec sa langue ?

En fin de compte, ayant épuisé sa fureur dans ces gesticulations insensées, il sort de la cabine téléphonique et tout d'un coup, alors qu'il ne s'y attend même pas, il prend place dans le fauteuil d'un cireur de bottes, comme s'il n'avait jamais éprouvé de noble fureur mais était sorti tout bonnement prendre l'air et avait voulu profiter de l'occasion pour faire briller ses chaussures et s'acheter une paire de lacets d'avance. Le voici carré dans son fauteuil, et, fait particulièrement scandaleux, il n'en finit pas de manipuler les lacets, vérifiant les extrémités, comparant la longueur, les lèvres entrouvertes, comme s'il émettait un sifflement inaudible, tandis que sa face est empreinte de l'impassibilité affairée du pêcheur qui démèle ses filets ou du paysan qui s'apprête à aller au moulin et palpe son vieux sac à grain.

Où es-tu, ô noble fureur ?

Dans cet état peu banal, un autre fondra brutalement sur un gamin qui lui aura lancé par inadvertance une boule de neige. Admettons même qu'il l'ait fait exprès, à quoi rime que cette grande personne fasse volte-face, armée de sa noble rage, et se lance à la poursuite du gamin, d'autant plus que le petit fripon connaît toutes les cours à double issue aussi bien que son propre plumier, et peut-être mieux même, et qu'il fait exprès de ne pas détaler trop vite dans le seul but de rire un bon coup. Sur ces entrefaites, notre second héros a dilapidé toute sa fureur dans cette course imprévue, si bien qu'il s'arrête inopinément devant un dépôt de denrées alimentaires où il voit les livreurs décharger d'énormes tonneaux d'un camion, comme s'il avait fait au pas de course tout le tour d'un pâté de maisons pour assister à cette scène. Ayant repris son souffle, il se mêle de leur donner des conseils, que bien entendu nul n'écoute, mais comme personne ne l'interrompt, un observateur non informé peut s'imaginer que les livreurs officient sous sa direction et que s'il avait eu le malheur d'arriver en retard, dieu sait ce qu'il serait advenu de ces infortunés tonneaux. Finalement ceux-ci sont rentrés dans la cave et il s'en va l'âme apaisée comme si tout ce qu'il vient de faire avait été prévu dès le lever du jour.

Où es-tu, ô noble fureur ?

Tandis que j'étais plongé dans ces pensées, la porte s'ouvrit et je vis rentrer la jeune employée de tout à l'heure.

— Je vous apporte des papiers, déclara-t-elle en posant sur le bureau de Samson Platonovitch une pile de documents.

— Bien, dis-je. Cette fois-ci, sa venue me réjouissait, elle m'arrachait à mes songeries.

— Eh bien, qu'est-ce qu'il y avait dans cette lettre ? demanda-t-elle, l'air de ne pas y toucher.

— On me réclame un papier sur le chèvraurochs, répondis-je d'un ton détaché.

Elle me regarda dans les yeux avec curiosité et quitta la pièce.

Je me remis à mon reportage. Le chèvraurochs y occupait une position centrale et avait une allure magnifique. Le village d'Orékhévy Klioutch réuni jubilait autour de lui, bien qu'en raison du microclimat l'animal eût malheureusement pris les chèvres en grippe. Je mettais la dernière main à mon œuvre lorsque le téléphone sonna. C'était Platon Samsonovitch.

— Ecoute, ne pourrais-tu pas ajouter en douce que les kolkhoziens causent de la chèvre lainière tadjike ?

— Que voulez-vous dire ?

— Eh bien, qu'ils sont satisfaits du chèvraurochs et qu'ils ne veulent pas s'endormir sur leurs lauriers, étant donné que certains se montrent réservés.

— Mais c'est votre idée personnelle ! observai-je.

— Peu importe. Platon Samsonovitch soupira au bout du fil. C'est ce qui fait notre gloire, mais il est préférable pour le moment que cette idée vienne de la base, cela les stimulera.

— Je vais y réfléchir, dis-je avant de raccrocher.

Je savais que certains passages de mon papier lui déplairaient. Afin de les sauver des eaux, je décidai de promouvoir sa nouvelle idée; je m'aperçus bientôt que la chose était plutôt malaisée. Je repassai en revue toutes les personnes que j'avais vues au kolkhoze et je compris qu'aucune d'elles n'avait rien pu dire de semblable, à l'exception toutefois de Vakhtang Botchoi; or, mon ami n'était pas la personne voulue. En fin de compte, je choisis de placer cette allusion en fin de reportage, comme une conclusion qui s'imposait d'elle-même dans l'évolution progressive de l'élevage.

« Le temps n'est pas éloigné, écrivis-je, où notre chèvraurochs fera la rencontre de la chèvre lainière tadjike, et ce sera là une nouvelle conquête de notre agrobiologie mitchourinienne. »

Je relus mon papier, ajoutai autant de virgules que je pus et le remis à la dactylo. J'avais écris trois heures d'affilée et à présent, j'éprouvais de la fatigue et même une sorte d'épuisement. Je me sentais dans la peau du diplomate roué qui avait su rogner tous les angles aigus, si bien que, comme dans la fable, le chèvraurochs était rassasié et le président sain et sauf.

*
* *

Je quittai mon bureau et entrai dans le café du bord de mer, installé dans la cour d'un restaurant en plein air. Je m'assis à l'abri d'un palmier et commandai une bouteille d'eau minérale, deux petits pâtés caucasiens et deux tasses de café turc. Ayant avalé les pâtés, je m'essuyai subrepticement les doigts au tronc rugueux du palmier parce que, comme de bien entendu, il n'y avait pas de serviettes. Après cela, je bus le café fort et épais et je me sentis à nouveau l'âme d'un diplomate, cette fois-ci non seulement roué mais encore plein d'expérience vécue.

Le bruissement hypnotique des feuilles de palmiers, le café bien chaud, l'ombre fraîche, le cliquetis paisible des chapelets des vieux Abkhaziens... Progressivement, les chèvraurochs glissaient loin, très loin et je m'enfonçais dans une bienheureuse torpeur.

A une table voisine, au milieu d'un cercle d'autochtones, Solomon Markovitch, l'ex-chirurgien-dentiste, déployait des trésors d'éloquence. Il y avait des années et des années, avant-guerre, sa femme l'avait quitté et calomnié. Depuis il s'adonnait à la boisson. Il était aimé dans le pays et tout le monde lui payait à boire. J'étais certain que cette sympathie était désintéressée, mais je pensais que ceux qui la manifestaient devaient éprouver du plaisir à voir plus malchanceux qu'eux. A présent, il racontait aux vieux musulmans des paraboles bibliques entrecoupées d'exemples empruntés à sa propre vie.

— Et eux de me dire : « Solomon Markovitch, nous allons te mettre à la bouteille. » Et moi de leur répondre : — « Pourquoi à la bouteille, mettez-moi plutôt à terre. »

Chaque fois qu'il m'apercevait, il me disait invariablement :

— Jeune homme, je vais te donner un sujet, mais un de ces sujets... je vais te raconter ma vie du jour de ma naissance à celui de ma mort.

Après cela, il ne me restait plus rien d'autre à faire que de lui commander un cognac et une tasse de café turc; cela m'ennuyait parfois, surtout lorsque je n'avais ni le temps ni le désir d'écouter ses infortunes.

De retour au journal, je passai chercher mon article à la dactylographie. La dactylo m'apprit que le rédacteur en chef s'en était emparé.

— Comment, lui-même ? demandai-je en éprouvant une irrépressible angoisse et, comme toujours, m'intéressant à des détails superfétatoires.

— Il a envoyé sa secrétaire, répondit-elle sans cesser de taper.

J'entrai dans mon bureau, m'assis à ma table et me mis à attendre. La hâte du chef ne me disait rien qui vaille. Je me rappelai avoir laissé dans mon papier deux ou trois formules négligées. De plus, j'aurais aimé qu'il passât d'abord par les mains de Platon Samsonovitch.

J'attendais d'être appelé. Finalement, la secrétaire accourut, la mine effrayée, et me dit que le rédacteur en chef m'attendait. Malgré l'habitude qu'elle avait d'annoncer d'une voix tremblante toute convocation de son patron, cela me fut très désagréable.

J'ouvris la porte du bureau. Platon Samsonovitch était assis à côté d'Avtandil Avtandilovitch.

Ce dernier ressemblait comme à l'accoutumée au pilote qui a déjà coupé les gaz mais n'est pas encore sorti de son cockpit. Les grosses pales du ventilateur avaient l'allure de pétales géants d'une fleur tropicale. Vénéneuse plutôt.

On avait l'impression qu'Avtandil Avtandilovitch venait de survoler les lieux où j'avais effectué mon reportage et qu'il comparait ce qu'il avait vu à ce que j'avais écrit.

A côté de sa silhouette massive et racée, le maigrelet Platon Samsonovitch faisait au mieux figure de mécanicien de service. A présent, il avait la mine d'un mécanicien fautif. Tandis que j'approchais du bureau du chef, je ressentis dans tout mon corps le froid qui se dégageait de sa personne, comme s'il était encore entouré de la haute atmosphère céleste dont il venait de descendre.

Je sentis que ce gel céleste commençait à me paralyser et m'efforçai de secouer cet humiliant engourdissement, mais sans le moindre résultat, probablement parce que le chef continuait à garder le silence. J'eus soudain le sentiment que j'avais fait des gaffes énormes dans mon papier, j'aperçus de la manière la plus concrète tout ce mêli-mêlo délirant et m'étonnai de ne pas m'en être rendu compte à la relecture. Il me semblait que j'avais donné partout à Illarion Maximovitch le nom de Maxime Illarionovitch, et c'était surtout cette erreur qui me tracassait.

Sentant enfin que j'étais arrivé au point de congélation voulu, il proféra les paroles suivantes d'une voix destinée à maintenir une température constante :

— Vous avez écrit un reportage qui nous cause préjudice.

Je regardai Platon Samsonovitch. Celui-ci se détourna et fixa le mur.

— Qui de plus est, vous avez camouflé sa nocivité, ajouta Avtandil Avtandilovitch, en contemplant mon état de congélation. Au début, reprit-il, votre papier m'a séduit, j'y ai trouvé des comparaisons heureuses... Mais en tout état de cause, c'est une révision de notre ligne générale.

— Pourquoi une révision ? demandai-je. Ma voix s'élevait du plus profond de mon être où était demeuré intact un petit espace non congelé.

— Et puis ensuite, qu'est-ce que c'est que cette ânerie que vous êtes allé raconter à propos du microclimat ? Le chèvraurochs et le microclimat ? De quoi s'agit-il : d'une orange ou d'un pamplemousse ?

— Mais il ne veut pas des chèvres de la région ! m'exclamai-je tout ému, voulant le désarmer en lui opposant ce fait irréfutable. A cet instant, j'eus la certitude de n'avoir rien embrouillé, j'avais bien appelé Illarion Maximovitch par son vrai nom.

— Cela veut dire qu'on n'a pas su le mettre dans de bonnes dispositions, qu'on n'a pas mobilisé toutes les possibilités, et vous, vous êtes tombé dans le panneau...

— C'est le président qui l'a embobiné, expliqua Platon Samsonovitch. Je t'avais pourtant bien prévenu : l'idée générale de ton papier est la suivante :

« Le thé, c'est bien, mais la viande et la laine, c'est mieux encore. »

— Vous savez fort bien, l'interrompit le chef, que si nous leur fournissons à présent le prétexte du microclimat, ils vont tous se mettre à crier que le leur n'est pas propice... et ceci à l'instant présent, alors que tout le pays commence à s'intéresser à notre initiative !

C'est alors qu'une observation s'échappa de mes lèvres, tout à fait contre ma volonté !

— Mais voyons, nous et eux, n'est-ce pas la même chose ?

« Ça y est, je suis cuit ! » pensai-je sur-le-champ.

— Vous êtes sous l'emprise d'une mentalité rétrograde, répondit Avtandil Avtandilovitch avec un calme inattendu et il ajouta derechef :

— Mais dites-moi un peu, que signifie ce déploiement d'érudition au sujet de la chèvre lainière tadjike, que signifie cette élucubration, où avez-vous été la pêcher ?

Je notai qu'il s'était calmé inopinément : d'après lui, mon comportement s'expliquait par une formule bien trouvée.

Platon Samsonovitch serra les lèvres, ses pommettes se couvrirent de taches rouges. Je gardai le le silence. Avtandil Avtandilovitch jeta un regard de biais sur Platon Samsonovitch mais n'ouvrit pas la bouche. Il se tut quelques secondes. Je me répétai que tout était fini et je me dis au même moment que s'il avait pris la décision de me flanquer à la porte, il aurait saisi au vol mes dernières paroles.

— A refaire dans l'esprit d'une chévraurochsisation intégrale ! scanda-t-il d'un ton important en passant le manuscrit à Platon Samsonovitch.

Je me demandai d'où il tenait ce vocable, et j'attendis son verdict...

— Je vous descends à la Section de la Culture, dit-il, avec la voix de celui qui contre vents et marées accomplit son devoir jusqu'au bout. Vous êtes capable d'écrire mais vous ne connaissez pas la vie. Nous avons décidé de lancer le concours de la meilleure œuvre littéraire consacrée au chèvraurochs. Vous allez vous en occuper et veiller à ce que les choses se fassent au niveau le plus élevé, digne de la capitale. C'est tout ce que j'ai à vous dire.

Avtandil Avtandilovitch mit son ventilateur en marche et son visage se pétrifia progressivement. Tandis que Samson Platonovitch et moi sortions de son bureau, je redoutai que son avion virevoltant ne lâchât sur nous une rafale de mitrailleuse et je ne me sentis rassuré que lorsque la lourde porte du bureau se fût refermée sur nous.

— Ça a loupé, dit Platon Samsonovitch dans le couloir.

— Qu'est-ce qui a loupé ? demandai-je.

— La chèvre tadjike, fit-il en s'arrachant à sa profonde méditation, ce n'était pas tout à fait comme cela que tu aurais dû t'y prendre, il fallait rapporter les paroles d'un kolkhozien...

— C'est bon, conclus-je. Toute cette comédie commençait à m'assommer.

— La chèvraurochsisation... il jongle avec les mots, déclara, quand nous fûmes arrivés chez nous, Platon Samsonovitch avec un signe de tête en direction du bureau du chef.

Je me mis à sortir mes papiers de mon tiroir.

— Ne t'en fais pas, un peu plus tard, je te ferai revenir dans mon service, me promit Platon Samsonovitch. Dis-moi voir, est-ce vrai que ton ancien journal t'a commandé un article ?

— C'est vrai.

— Si tu n'as pas le cœur à l'ouvrage, je peux leur faire, dit-il en s'animant.

— D'accord.

— Je m'y mettrai ce soir même.

Il n'était plus du tout abattu ; il refit un signe de tête en direction du bureau du chef :

— Chèvraurochsisation. Pendant que les uns jonglent avec les mots, les autres agissent...

*
* *

Comme je longeais l'artère principale de la ville, il m'arriva une chose épouvantable. Un homme vêtu d'un costume neuf, coiffé d'un chapeau mou, était planté sur le trottoir d'en face, devant un grand magasin. Il regardait la vitrine dans laquelle étaient disposés plusieurs mannequins habillés exactement de la même façon que lui. Je me dis en l'apercevant : bon dieu, mais qu'est-ce qu'ils se ressemblent ! Je veux dire lui et les mannequins. Cette idée ne m'avait pas sitôt traversé la cervelle qu'un des mannequins debout dans la vitrine remua. Je sentis un froid terrible dans le dos, mais j'eus suffisamment de bon sens pour me dire qu'il s'agissait d'une hallucination, que les mannequins ne pouvaient remuer, qu'on n'avait pas encore inventé le moyen de les animer.

Je n'avais pas sitôt fait cette réflexion que le mannequin opéra tranquillement un demi-tour comme pour narguer méchamment mon bon sens, et sortit de la vitrine. Je n'avais pas encore repris mes esprits que les autres mannequins remuèrent à leur tour, oui, ils commencèrent par bouger et seulement après emboîtèrent le pas au premier. Je ne compris que lorsqu'ils furent tous sortis dans la rue : la conjuration des mannequins n'était rien d'autre qu'une illusion visuelle démultipliée par la fatigue, l'émotion et je ne sais trop quoi encore. Ce que j'avais pris pour la vitrine d'un grand magasin était une cloison de verre et les pseudo-mannequins, simplement les gens debout derrière la vitre.

« Va prendre un bol d'air frais, sinon tu vas devenir dingue », me dis-je et j'obliquai aussitôt en direction de la mer.

Je hais les mannequins depuis ma plus tendre enfance. Je n'ai pas encore compris comment on peut autoriser des choses aussi répugnantes. Le mannequin n'a rien à voir avec l'épouvantail. L'épouvantail, lui, est humain. C'est un jeu qui peut effrayer quelque temps les enfants ou plus longtemps les oiseaux parce qu'ils sont encore plus puérils. Je ne puis regarder un mannequin sans haine ni répulsion. C'est le simulacre impudent, vil et cynique de l'homme.

Vous vous imaginez qu'il vous présente un costume à la toute dernière mode ? Vous vous fourrez le doigt dans l'œil ! Il veut vous prouver qu'on peut être un être humain dépourvu d'âme. Il vous invite à imiter son exemple. Et le fait qu'il présente toujours la dernière mode renferme la diabolique allusion qu'il appartient à l'avenir.

Nous refusons ces lendemains parce que nous voulons les nôtres, des lendemains humains.

Lorsque je fixe les yeux d'un chien, j'y trouve une ressemblance avec des yeux d'homme. Cela me plaît. J'ai conscience des millions d'années qui nous séparent, mais je sens que malgré cela, l'âme du chien a déjà été fécondée par l'humanisme, qu'elle en flaire la trace, qu'elle le suit.

Le chien a un certain talent. Son goût pour tout ce qui est humain me touche, et inconsciemment, ma main se tend vers lui pour le caresser, il suscite ma sympathie. Donc, le chien n'aime pas seulement tout ce qui est humain, mais encore il renforce les sentiments humains en moi. C'est sûrement cela qui constitue la nature profonde de l'homme : la sympathie spirituelle que fait naître dans les êtres humains une affection réciproque. Le joyeux jappement du chien lorsqu'il aperçoit un homme prouve que notre ami à quatre pattes a une âme.

Je suis étonné, certes, par les facultés du perroquet, par ses inflexions de voix et sa mémoire mécanique, pourtant il y a loin du chien au perroquet. Le perroquet est un animal curieux. Le chien, un animal attachant.

Nous sommes souvent satisfaits lorsque nous nous contentons d'un terme approximatif pour désigner la nature profonde d'un fait. Même si nous la qualifions de manière précise, cette nature peut changer tandis que sa définition concrète, le mot, subsiste longtemps encore, en conservant la forme extérieure de la nature profonde, de même qu'une simple cosse conserve la rondeur des pois qui l'ont quittée depuis longtemps. N'importe laquelle de ces erreurs, qui est le plus souvent double, conduit en fin de compte à enbrouiller les notions. Cette confusion traduit en dernière analyse notre indifférence, notre manque d'intérêt ou d'amour pour la nature profonde de l'idée, tant il est vrai que l'amour est la forme suprême de l'intérêt.

Tôt ou tard, nous sommes obligés de payer notre faute. Et c'est au moment où nous palpons nos bleus que nous commençons à choisir une définition précise. Jusqu'alors, nous confondions le perroquet et le prophète parce que nous réfléchissions peu ou prou à ce qui constitue la grandeur de l'homme. Nous avons agi ainsi parce que nous avons trop peu d'estime pour nous-mêmes, pour nos camarades et pour notre propre existence.

*
* *

Trois jours plus tard, j'étais attablé à mon café habituel à l'heure du repas. J'y vis entrer Vakhtang Botchoi dans un costume immaculé, une apothéose de tons blancs et roses. Il était accompagné d'un monsieur d'un certain âge et d'une dame, dont la toilette dénotait l'élégance négligée de la voyante extralucide. Dès qu'il m'aperçut, Vakhtang s'immobilisa.

— Eh bien, cette conférence ? demandai-je.

— Les kolkhoziens en ont sangloté, répondit-il avec un sourire, mais toi, tu me dois une bouteille de champagne.

— Et pourquoi donc ?

— Comment, tu ne sais pas ? fit Vakhtang, étonné. Je t'ai arraché au rouleau compresseur de l'histoire. Avtandil Avtandilovitch voulait se séparer de toi, alors je lui ai dit : il faudra que vous passiez sur mon cadavre !

— Et comment a-t-il réagi ?

— Il a compris qu'ici même le rouleau de l'histoire s'enliserait. Vakhtang appliqua une tape affectueuse sur son ventre redondant. La peine de mort est commuée.

Il se tenait devant moi, rose, rond, souriant, invulnérable, semblant le premier surpris des limites infinies de ses possibilités tout en réfléchissant au moyen de m'épater davantage.

— Tu sais qui sont ces deux-là ?

Il fit un léger signe de tête en direction de ses compagnons, lesquels avaient déjà occupé une table d'où ils jetaient des regards amoureux sur mon vieux copain.

— Non, répondis-je.

— Mon ami, le professeur... (il cita son nom), une sommité de la minéralogie et son élève préférée. Tu sais qu'il m'a offert une collection de minéraux du Caucase.

— En quel honneur ?

— Si je savais pourquoi ! Vakhtang leva joyeusement les bras au ciel. Tout simplement par sympathie. Je leur fais visiter les sites historiques.

— Vakht-a-ang, on s'ennuie ! dit d'un ton capricieux l'élève préférée.

Le professeur regardait dans notre direction avec un sourire tendre. Ses longues jambes couvertes de pantalons de toile et nonchalamment glissées dans des sandales dépassaient de sous la table. Ce sont d'habitude les adolescents dégingandés et dans la lune qui ont des jambes comme lui.

— Et ce n'est pas tout, poursuivit Vakhtang en continuant à sourire et en haussant les épaules l'air de dire qu'il n'est pas de bornes à l'excentricité dans ce bas monde, il m'a légué sa bibliothèque.

— Fais gaffe, ne l'empoisonne pas.

— Voyons ! fit Vakhtang en souriant, je le choie comme mon propre père...

— Salut à notre extraordinaire jeunesse !

Solomon Markovitch venait de surgir je ne sais d'où. Petit, ridé, imbibé d'alcool, du moins par l'intérieur, portant sa douleur douce, mais éternelle.

— Cher Vakhtang, dit-il, je suis un vieil homme, je n'ai pas besoin d'un centilitre de vodka, un demi me suffit.

— Vous l'aurez, déclara mon ami et, le prenant sous le bras d'un geste de grand seigneur, il se dirigea vers sa table.

— Voici une nouvelle curiosité archéologique, annonça-t-il en le présentant à ses amis et en avançant une chaise. Je vous prie de lui témoigner votre affection, car il est le sage Solomon Markovitch.

Le vieillard s'assit. Il avait une contenance calme et digne.

Il commençait toujours ses phrases de cette façon. Je me dis qu'une fois de plus, conformément à ma théorie, il saurait tirer du grand malheur de sa vie les menus plaisirs de ses petits verres quotidiens.

*
* *

Pendant environ un mois, je travaillai paisiblement à la Section de la Culture. Le bruit de la grande campagne ne s'était pas encore calmé mais désormais, il ne me gênait plus. J'y étais habitué comme au bruit des vagues. La conférence régionale consacrée à la chèvraurochsisation des kolkhozes de notre république se déroula à un excellent niveau. On entendit bien, à vrai dire, quelques voix critiques, mais elles se noyèrent dans le grand chœur triomphal.

Ce fut le comptable du kolkhoze de Lykhninsk qui remporta le concours du journal. Il avait écrit une ode satirique intitulée : « Le Chèvraurochs et l'Homme de Roc. » Elle s'achevait par la strophe suivante :

Pour faire enrager tout homme de roc
Je célébrerai éternellement
Non seulement la viande du Chèvraurochs
Mais de son front les beaux ornements.

Afin de comprendre toute la causticité de ce passage, il faut connaître la genèse de l'œuvre tirée d'un fait réel.

Dans un kolkhoze, le chèvraurochs avait failli encorner le jeune fils du président, qui comme l'enquête devait l'établir par la suite, avait l'habitude, il s'agit bien sûr du fils, de taquiner et même, à en croire Platon Samsonovitch, de narguer le pauvre animal sans défense en profitant de la situation de son papa.

Le gamin en fut quitte pour une peur bleue, le chèvraurochs ne lui causa aucune blessure grave. Néanmoins, poussé par sa femme en furie, le président ordonna au forgeron du kolkhoze de scier les cornes du chèvraurochs. Le secrétaire du Soviet rural nous écrivit pour nous informer du scandale. Platon Samsonovitch piqua une colère noire. Il se rendit au kolkhoze pour voir les choses de ses propres yeux. C'était bien la vérité. Il rapporta même une des cornes, l'autre ayant été ravie par un chien, ainsi que le lui avoua d'un ton confus le président. Toute l'équipe du journal vint contempler la fameuse corne, jusqu'à l'impassible metteur en pages qui se permit de quitter l'imprimerie. Platon Samsonovitch la montrait à qui voulait la voir en signalant à l'attention générale les traces laissées par la scie de ce barbare de forgeron. La lourde corne était de couleur marron comme celle du rhinocéros préhistorique. Le chef de la Section Information, qui était en même temps président du comité régional du parti, proposa de la confier à un sculpteur. Bien façonnée, elle pourrait servir aux pique-niques collectifs organisés par le journal.

— Il y rentrera bien trois litres, déclara-t-il en l'examinant sur toutes les coutures.

Mais Platon Samsonovitch repoussa cette offre avec indignation.

Il consacra à cet incident une chronique intitulée : « Le Chèvraurochs et l'Homme de Roc », où il condamnait sévèrement et impitoyablement le président du kolkhoze. Il proposa d'accompagner son papier d'un portait de l'animal outragé, mais après mûre réflexion, Avtandil Avtandilovitch décida de se contenter de la chronique.

— On risque de comprendre de travers, expliqua-t-il au sujet du portrait. Il ne dit pas à qui il faisait allusion.

Voilà pourquoi Platon Samsonovitch soutint de toutes ses forces le poème du comptable de Lykhninsk, d'autant plus qu'il était le membre le plus influent du jury et son unique expert technique. Le rédacteur en chef n'opposa aucune objection, il se borna à signaler qu'il fallait modifier les deux derniers vers de manière à ce que l'auteur célébrât non seulement la viande et les cornes du chèvraurochs, mais aussi sa laine.

— On ne sait pas encore ce qui est le plus important, dit-il.

Et, chose surprenante, il corrigea de sa propre main les deux vers, si bien que le poème s'achevait ainsi :

Pour faire enrager tout homme de roc
Je célébrerai éternellement
La laine et la viande du chèvraurochs
Ainsi que de son front les somptueux ornements.

— Il me semble que « somptueux » n'est pas tout à fait le bon adjectif, notai-je.

— Somptueux veut dire beau, c'est parfaitement précis, répliqua d'un ton ferme Avtandil Avtandilovitch.

Le sempiternel entêtement du poète qui défend chacun de ses mots venait de s'éveiller en son âme.

Bientôt, un compositeur devait écrire une musique sur ces paroles, assez réussie au demeurant. En tout cas, la chanson passa plusieurs fois sur les ondes et fut interprétée sur scène par le chœur des artistes amateurs de la manufacture de tabac qui n'étaient rien d'autre que les musiciens de la Philharmonie locale masqués sous un léger maquillage, et placés sous la direction de Pat Pataraï, le célèbre danseur caucasien des années trente, aujourd'hui réhabilité.

La corne resta dans le bureau de Platon Samsonovitch, trônant sur une pile de vieux dossiers, invocation vivante à la vigilance.

***

A la Section de la Culture, je passais le plus clair de mon temps à dépouiller les lettres de lecteurs qui, le plus souvent, se plaignaient des défaillances des clubs ruraux, et à lire les poèmes composés par les travailleurs.

Après la fin du fameux concours, les vers consacrés au chèvraurochs se mirent à pleuvoir de plus belle. Nombreux étaient ceux qui portaient la mention : « Pour le prochain concours », bien que jamais le journal n'eût annoncé qu'il y en aurait un.

Il est curieux de noter qu'un nombre important d'auteurs, des retraités pour la plupart, indiquaient dans leur lettre d'accompagnement que l'Etat leur assurait des jours heureux, qu'ils n'avaient donc pas besoin de droits d'auteur, mais que si quelque jeune journaliste voulait bien faire certaines petites corrections afin que leur œuvre fût publiée, son modeste travail ne manquerait pas d'être récompensé, car tout travail, etc., etc. Au début je fus scandalisé par ces appels au « jeune journaliste », puis je finis par m'y habituer et à ne plus y faire attention.

Les premiers temps, je laissais courtoisement entendre aux auteurs que le métier de poète exige quelques dons naturels et même une certaine instruction. Mais un jour, Avtandil Avtandilovitch me convoqua et soulignant au crayon rouge les lignes les plus franches de ma réponse, il me conseilla de me montrer plus bienveillant.

— On ne doit pas dire à quelqu'un qu'il manque de talent. Nous sommes tenus d'éduquer les talents, surtout lorsqu'il s'agit des poèmes des travailleurs, me fit-il remarquer.

A cette époque, j'avais fini par découvrir le défaut de la cuirasse d'Avtandil Avtandilovitch. Cet homme fort était glacé d'effroi comme un vulgaire lapin devant le pouvoir hypnotique de la formule. S'il venait à énoncer n'importe quelle formule, il était absolument impossible de l'en faire démordre. Par contre, il était aisé de le mater en proposant une autre formule moins rebattue. Lorsqu'il me lança à la face le poème des travailleurs et l'éducation des talents, l'envie me prit de lui répliquer qu'il n'était pas bien de « faire du plat aux masses », mais je n'osai pas lui répliquer car ma formule semblait assez peu appropriée.

Voilà pourquoi je dus me résoudre à conseiller fielleusement aux rimailleurs, non sans serrer les dents, qu'ils devraient s'instruire auprès des classiques, de Maïakovski surtout.

Je partis plusieurs fois en reportage et lorsque je préparais mes papiers pour les remettre à la composition, je connaissais déjà d'avance les passages qui déplairaient au chef et seraient par conséquent impitoyablement censurés.

Je faisais alors la seule et unique chose en mon pouvoir : je m'évertuais à les écrire le mieux possible.

***

Bref, tout suivait son cours normal quand survint un événement qui devait, dans une certaine mesure, influer sur ma vie, bien qu'il n'eût aucun rapport avec le sujet de mon récit, je veux dire le chèvraurochs.

Donc, ce soir-là, j'étais assis avec des copains sur le parapet du bord de mer ; nous regardions la rue dans laquelle deux courants opposés coulaient sans cesse l'un à la rencontre de l'autre ; la foule des gens endimanchés et excités par leur mouvement de procession.

Chemise blanche comme neige, pantalons noirs, chaussures à bout étroit, paquet de cigarettes *Kazbek* glissé dans la ceinture à la manière du pistolet de cow-boy, c'est ainsi qu'on pourrait décrire l'uniforme de combat estival des jolis cœurs méridionaux.

La soirée ne laissait rien présager de particulier. D'ailleurs nous n'en attendions rien. Nous passions tout simplement notre temps à nous reposer sur le parapet, regardant nonchalamment les promeneurs en débitant ce qu'ont l'habitude de débiter en la circonstance des individus du sexe masculin, c'est-à-dire des inepties de toute sorte.

C'est alors qu'elle parut. Accompagnée de deux femmes d'un certain âge. Elles longèrent le trottoir devant nous. Je pus remarquer son profil tendre et son opulente chevelure dorée. Elle semblait extrêmement attirante mais je trouvai sa taille vraiment trop fine, avec un je ne sais quoi de suranné, datant de l'époque où les femmes se corsetaient.

Elle écoutait avec docilité et politesse ce que disait une de ses compagnes. Mais, je ne croyais pas trop à cette docilité, vertu qui, à mon avis, ne devait pas être l'apanage d'une jeune personne aux lèvres charnues.

Je la suivis des yeux jusqu'à ce qu'elle eût disparu avec les deux dames. Heureusement, mes camarades ne s'aperçurent de rien. Ils tenaient la rue dans leur ligne de mire et cette beauté leur avait échappé. Je restai un moment à côté d'eux, puis m'aperçus que mon esprit n'enregistrait plus leurs propos. J'avais l'impression d'avoir plongé Dieu sait où et de les entendre à travers des masses d'eau.

J'étais obsédé par cette jeune fille. Je voulus la revoir. Non que je craignis qu'elle ne se fît enlever par ces dandys en chemise blanche à la démarche langoureuse. J'étais assuré que les stupides cartouchières à demi vidées de leurs pseudo-balles ne lui faisaient courir aucun danger. Le plomb était par trop menu. Je comprenais de plus qu'il fallait être rudement doué pour l'extraire d'une gangue aussi protectrice et piquante que ces deux vieilles dames.

Toujours est-il que je serrai la pince à mes camarades et les quittai. Il semblait inconcevable de vouloir la retrouver au milieu d'une telle cohue. Déjà son image m'apparaissait en imagination. Un tout petit peu, à vrai dire, mais c'était mieux que rien. Et dès l'instant où un homme voit une fille de cette façon, vous pouvez être tranquille qu'il la retrouvera. Eh bien, pensai-je, cela veut dire que je suis guéri de mon ancien mal. Le commandant était vraiment un excellent médecin. Je ressentais en moi le symptôme le plus sûr de ma guérison : le désir de retomber malade. Je me mis à chercher la jeune blonde.

Si j'étais sûr que je la verrais, j'ignorais totalement ce qui se passerait ensuite. Je devais simplement être certain que je la voyais en imagination et que ce n'était pas une pure illusion de mes sens abusés.

Et soudain, je l'aperçus debout sur le petit embarcadère des vedettes de tourisme. Penchée au-dessus de la barrière, elle fixait l'eau. Elle portait une sorte de chemise d'enfant et une jupe extraordinairement ample pour sa taille frêle d'adolescente. De ces jeunes filles, on a coutume de dire dans notre pays : on pourrait les couper en deux avec une paire de ciseaux.

Les deux femmes avec lesquelles elle se promenait si docilement sur le bord de mer étaient assises à côté d'elle.

Je dois expliquer qu'on a l'habitude de raconter d'invraisemblables sornettes sur l'Abkhazie : qu'on y kidnappe les jeunes filles, qu'on les emporte dans les montagnes et Dieu sait quoi encore. Ce ne sont que des élucubrations, mais nombreux sont ceux qui y croient.

En tout état de cause, les deux duègnes étaient si près de la jeune fille qu'en cas d'interception imprévue, elles auraient été capables de la retenir par la jupe sans même quitter leur banc. A présent, cette jupe flottait autour d'elle, large et libre, tel le drapeau d'une puissance indépendante quoique parfaitement pacifique.

Tout en dressant mon plan d'opérations, j'arrivai à l'extrémité de l'embarcadère ; sur le chemin du retour, je décidai de m'arrêter à tout prix à côté d'elle, en utilisant l'unique faute tactique commise par la garde qui laissait à découvert le flanc tourné vers la mer.

La mer était de mon côté. Comme j'approchais du but, une brise légère me souffla dans le dos, main amicale qui me poussait au crime. Une bourrasque soudaine enfla ses jupes à un point tel que je crus qu'elle allait s'envoler avant que je ne sois arrivé à son niveau. J'accélérai le pas. Sans même regarder sa jupe, elle la rabattit d'un geste de la main, comme on repousse une fenêtre pour chasser les courants d'air. Et peut-être aussi comme on aplatit un parachute. Bien que je n'aie jamais fait un seul saut en parachute et que, naturellement je n'en aie pas la moindre envie, l'image du parachute — surtout de celui qui refuse de s'ouvrir — me poursuit sans répit...

Mais comment l'aborder ? J'eus soudain une idée lumineuse. Je devais me faire passer pour un vacancier. D'habitude, les vacanciers se font davantage confiance et il semblait évident qu'elle n'était pas d'ici.

Je m'approchai, me plantai à côté d'elle, la mine

grave et modeste. Comme si je me promenais et que l'idée m'était venue de contempler cette fameuse mer Noire pour voir pourquoi elle clapotait sans la moindre utilité pour les estivants. Afin d'écarter tout soupçon, je ne jetai pas le moindre regard dans sa direction.

La chaloupe d'un bateau de pêche dansait sur les flots juste au-dessous de nous, arrimée à l'escalier métallique. Le bateau était dans la rade. C'est cette chaloupe qu'elle regardait. A présent je puis affirmer qu'elle fixait le destin droit dans les yeux. Mais ce soir-là, je ne le comprenais pas encore. Je notai simplement qu'elle contemplait l'embarcation d'un air mélancolique. Peut-être voulait-elle s'en servir pour échapper à ses compagnes ? Je l'aurais aidée avec le plus grand plaisir, j'étais prêt à lui offrir mes bras pour ramer !

Debout à côté d'elle, je sentais la paralysie me gagner lentement et je me rendis compte que plus j'attendrais, plus j'aurais de mal à engager la conversation.

— Je me demande ce que fait cette barque ici, ânonnai-je enfin en me tournant vers elle, non pas de face mais comme qui dirait sous un angle de 45° Il était malaisé d'inventer question plus stupide. La jeune fille haussa légèrement les épaules.

— C'est bizarre, poursuivis-je sur ma lancée idiote, comme si le fait d'apercevoir une chaloupe devant un embarcadère était Dieu sait quel miracle. La frontière n'est pas loin d'ici, fis-je en me cognant mentalement la tête contre le garde-fou.

— Ah ! ce sont peut-être des contrebandiers ? répondit-elle toute guillerette.

— L'autre jour, à la maison de repos, on racontait... commençai-je d'un ton hardi sans même savoir ce que j'allais lui dire.

Juste à ce moment, deux hommes descendirent l'escalier en faisant un bruit d'enfer avec leurs bottes. le premier portait une grande corbeille d'osier recouverte d'une serviette, le second tenait un sac sur les épaules.

Je me tus et posai le doigt sur les lèvres.

— Comme c'est passionnant ! murmura la jeune fille ; que vont-ils faire ?

Je hochai légèrement la tête pour lui faire comprendre qu'il ne fallait rien attendre de bon de leur part. Elle se mordit les lèvres et se pencha un peu plus au-dessus du garde-fou.

L'homme à la corbeille sauta dans la chaloupe dansante, alla jusqu'à la proue en marchant sur le banc et s'assit en serrant son fardeau entre ses jambes. Je n'eus pas sitôt repris mes esprits qu'il leva vers moi son visage cuit par le soleil et m'adressa un signe de tête ponctué d'un sourire. Je reconnus un des pêcheurs avec qui j'avais fait l'autre jour la promenade en mer. Il s'appelait Spiro.

— Salut aux travailleurs de la presse ! me lança-t-il en découvrant des dents étincelantes.

Je me sentais rougir irrésistiblement, je lui adressai un signe de tête discret. Qu'il ouvrît seulement la bouche et...

— Vous vous calez l'estomac avec nos poissons et vous parlez des chèvraurochs dans votre canard, cria-t-il ; et il ajouta, en nous examinant tous deux : — une initiative intéressante, soit dit en passant.

— Comment ça va ? demandai-je d'une voix

éteinte, comprenant qu'il serait encore plus stupide de continuer à simuler.

— Tu vois, je transporte les primes.

Il découvrit sa corbeille dans laquelle j'aperçus quelques bouteilles de vin.

— Nous dépassons le plan, mais pour l'instant le petit poisson rouge n'est pas encore tombé dans nos filets, précisa-t-il en posant sur la jeune blonde ses yeux translucides et impudents. *Kalon Karitsa* (un joli brin de fille), s'exclama-t-il soudain en se renversant en arrière et en éclatant de rire. On voyait qu'avant d'acheter le vin, il s'était livré à de copieuses dégustations. Mademoiselle, demandez-lui de vous chanter la chanson du chèvraurochs... et il repartit de plus belle : — Il la connaît très bien, cette chanson, chez eux, tous la chantent, ils en sont marteau...

Finalement son camarade le poussa et prit les rames. Spiro se livra un bon moment encore à toutes sortes de facéties, il faisait semblant de vouloir se noyer devant plusieurs imbéciles qui ne comprenaient pas quel trésor ils avaient parmi eux.

— Les abonnés sont en émoi ! cria-t-il de loin avant que sa chaloupe ne se fondît dans les ténèbres onduleuses de la mer.

Pendant tout ce cemps, la jeune fille avait gardé bonne contenance. Elle souriait gentiment, de sorte que je me calmai peu à peu.

— Qu'est-ce que c'est, le chèvraurochs ?

— Eh bien, c'est un nouvel animal, fis-je d'un ton désinvolte.

— C'est bizarre, pourquoi n'en ai-je pas entendu parler ?

— Cela ne va pas tarder.

— Et vous chantez une chanson au sujet de ce nouvel animal ?

— A vrai dire, je la fredonne plus ou moins.

— On la connaît déjà à Moscou ?

— Pas encore, je crois.

— C'est l'heure de partir, fit soudain une voix derrière moi.

Nous nous retournâmes. Les deux femmes étaient debout devant nous, elles me dévisageaient de manière franchement hostile. Tout doucement, la jeune fille battit en retraite dans leur direction.

— Nous passons toutes nos journées sur la plage, dit-elle comme si elle achevait sa phrase et elle passa les bras sous ceux de ses compagnes.

Je leur fis à toutes trois des adieux fort courtois et m'en fus. Je traversai la promenade et regagnai mon logis par une petite rue peu fréquentée, afin de ne pas rencontrer d'amis et de ne pas éparpiller aux quatre vents les bons souvenirs que m'avait procurés cette rencontre. Je me répétai avec plaisir ses dernières paroles. Rien ne m'empêchait de les interpréter comme une invite à nous revoir.

Pendant toute la journée du lendemain la joie du prochain rendez-vous m'emplissait l'âme. Afin de réprimer tout excédent qui risquait de gonfler mes poches outre mesure, je décidai de consacrer toute ma journée de travail aux lettres de lecteurs.

A cinq heures précises, je fermai la porte de notre service, montai dans l'autobus plein à craquer de voyageurs suants, et me rendis sur la plage.

J'étais arrivé à destination. Une musique douce et insinuante coulait du haut-parleur. Elle aidait à se mettre en tenue de bain, sorte de transition sans heurt entre la terre et la mer.

Non sans une certaine émotion, je me mis à inspecter la plage, jetant un œil indiscret sous les tentes et les parasols. Costumes de bain de toutes les couleurs, bronzages de toutes les nuances, foire de la santé estivale, poses incarnant la nonchalance et la béatitude à la mode antique.

Je sentis soudain que je n'étais guère pressé de l'apercevoir, mes recherches m'accordaient le droit de passer en vue toutes les filles.

Il me semblait que je n'étais pas entièrement lié par mes impressions de la veille. Le carnaval des beautés en maillot de bain les atténuait. Je savais qu'un sentiment trop fort était une entrave pour celui qui l'éprouvait et j'étais heureux de me rendre compte que ce mal ne m'affectait pas.

J'avais l'habitude stupide de déverser, à la première occasion propice, sur les filles qui me plaisaient l'avalanche des sentiments les plus ardents. Cela les effrayait et parfois même les offensait. Elles devaient imaginer que dès l'instant où leur soupirant était en proie à un tel émoi, cela voulait dire qu'elles sous-estimaient leurs charmes, qu'elles n'avaient pas, si l'on peut s'exprimer ainsi, repéré le filon aurifère que renfermait leur placer, qu'elles devaient donc commencer par se réévaluer, c'est-à-dire, se mettre soigneusement à l'abri derrière une clôture et éconduire le chercheur d'or.

De manière ou d'autre, dès que j'avais déclenché ma stupide avalanche, je me transformais incontinent en joueur remplaçant resté sur la touche. Cela finissait par me lasser, je tombais amoureux d'une autre, et tout en comprenant que je devais agir avec davantage de réserve, l'avalanche partait invariablement d'elle-même; la jeune personne s'arrachait chaque fois à son étreinte, au mieux, elle s'en dégageait avec une coiffure légèrement dérangée.

Tout joyeux de me sentir une telle sérénité, je parcourus toute la plage sans la voir. Ma bonne humeur commençait à se gâter. Je longeai les crêtes des vagues, examinant toutes les baigneuses. Elle n'était toujours pas là.

Je sentis que les environs s'assombrissaient quasiment à vue d'œil. Je me déshabillai lentement. Du moment que je me trouvais ici, j'étais tenu de me baigner. Un photographe en short blanc, aux fortes jambes bronzées de pèlerin, s'arrêta à côté de moi. Il prenait une femme dont la tête émergeait parmi l'écume des vagues.

— Encore une, Madame.

En se retirant, la vague mit à nu le corps d'une Vénus sortant des flots qui s'agrippait de ses paumes largement écartées au sable du rivage.

— Je vous photographie.

Il grasseyait avec tant d'application, comme un vieux Pétersbourgeois, qu'un groupe de jeunes installé à proximité partit d'un éclat de rire unanime.

Le pèlerin braqua une nouvelle fois son appareil tandis que les jeunes s'apprêtaient à rire. La femme essaya de personnifier le bonheur, cependant qu'une expression de préoccupation latente ne quittait pas son visage. Autour d'elle, l'écume ressemblait tout bonnement à de la mousse de savon.

— J'appuie, dit soudain le photographe.

Il regarda le groupe de jeunes. Malgré l'absence de « r », ils se mirent à rire. Le photographe sourit à son tour. Il comprenait fort bien que ces garçons étaient jeunes et sots, qu'il existait dans la vie beaucoup de choses non moins risibles que son métier et ils devaient seulement avoir la patience d'attendre quelques années de plus afin de comprendre le pourquoi et le comment des choses.

Je me baignai sans que l'eau me rafraîchît. Je me sentais affamé et irrité. Je me rappelai alors que j'avais oublié de déjeuner, ce qui m'arrivait très rarement.

Cette plage commençait à me taper sur les nerfs. Tous ces joueurs de préférence décatis aux maigres jambes de goutteux, ces sportifs harnachés de muscles parfaitement inutiles, ces bourreaux des cœurs abkhaziens, la face empreinte d'une altière fierté totalement stupide et injustifiée, ces femmes qui exhibaient impudemment soi-disant aux rayons du soleil leurs soi-disant irrésistibles appas.

Je me rhabillai rapidement et quittai la plage. Je pris l'autobus jusqu'à la ville et rentrai à pied à la maison, l'estomac dans les talons, fatigué, furieux. Comme je voulais ouvrir la porte, je m'aperçus que j'avais égaré ma clé. Je fouillai toutes mes poches, point de clé. Je compris que la déveine me poursuivait. Avec moi, c'est toujours ou tout l'un ou tout l'autre. Ou bien tout va à merveille, ou bien tout me file entre les doigts. La clé était sûrement tombée de ma poche pendant que je me rhabillais sur la plage. C'est du moins ce que je déduisis, car c'était le seul endroit où je pouvais la chercher.

En déversant un chapelet de malédictions, je me

rendis à l'arrêt de l'autobus. A présent, la voiture était beaucoup moins bondée. Presque personne n'allait à la plage à pareille heure.

A un arrêt, le conducteur quitta son volant et au bout de cinq minutes il reparut tenant à la main un sachet plein de petits pâtés brûlants qu'on voyait en transparence à travers le papier imbibé de graisse. Tout en mâchant son casse-croûte, il conduisit son engin sans se presser et arrivé deux arrêts plus loin, il redescendit à nouveau. J'aperçus un débit de boisson en face. Cette fois-ci il arrosait ses pâtés à la bière. Les voyageurs rouspétaient avec résignation. A côté de l'établissement se dressait un bâtiment en planches : l'annexe du tribunal populaire. Je craignis qu'il n'y entrât pour assister à une audience. Je jugeais qu'il avait assez de culot pour entrer au tribunal avec sa chope de bière. Pour l'instant, il en vidait benoîtement le contenu.

J'étais assis face à l'entrée, roulant machinalement mon ticket entre mes doigts. Enfin, à bout de patience, je l'expédiai par la porte. C'est cet instant que le contrôleur choisit pour entrer par l'avant. Je devais sortir de l'autobus pour récupérer mon ticket; mais à présent, la chose paraissait délicate, les voyageurs risquaient de croire que je voulais me tailler.

Lorsque le contrôleur se pointa devant moi, je lui dis comment j'avais perdu mon ticket tout en sentant la stupidité de mes explications. La tête du contrôleur dénotait qu'il n'avait qu'un seul souci : que je n'aille pas imaginer qu'il me croyait.

Je sortis alors de l'autobus et me mis à chercher mon ticket sous les rires encourageants des voyageurs les plus proches. Impossible de mettre la main dessus. Je voulus me dominer et tenter de reconstituer sa trajectoire dans les airs. Il n'y avait rien à l'endroit où il était censé avoir atterri. Un coup de vent l'avait probablement emporté. Le contrôleur était planté à l'entrée et son regard empreint d'une triste sagesse (je ne puis souffrir les regards de ce genre) disait clairement qu'il est impossible de retrouver ce qui n'a pas été perdu.

En fin de compte, estimant que j'avais fait suffisamment d'efforts, les voyageurs intercédèrent d'une seule voix en ma faveur affirmant qu'ils m'avaient bien vu jeter le ticket. Le contrôleur dut battre en retraite sous la pression de l'opinion publique, et il descendit de l'autobus après m'avoir débité son petit sermon.

Le conducteur avait fini par vider sa chope, il referma les portières, remit allègrement son moteur en marche et tous sentirent monter un sentiment de reconnaissance qu'ils n'auraient assurément pas manifesté sans ces haltes non prévues par le règlement.

Je disais pour me consoler que du moment que j'étais dans une période de déveine, il n'y avait strictement rien à faire. L'essentiel était d'en sortir avec le minimum de dégâts.

Je descendis de l'autobus, m'approchai de la caisse de la plage et m'aperçus alors que je n'avais même pas les dix kopecks nécessaires. Il ne m'en restait que huit. Ce matin en sortant de la maison, j'avais oublié de garnir mon porte-monnaie.

Je déteste les plages payantes, personne ne me fera croire que c'est la municipalité qui a installé la mer à cet endroit.

— Allez-y, vous êtes sorti tout à l'heure, me dit la caissière qui avait remarqué mon embarras.

Je regardai son visage âgé, bon et souriant. Extraordinaire qu'elle se souvienne de moi !

J'avançai sur la plage. Cette petite chance m'avait communiqué un tel entrain que je me sentais gagné par je ne sais quelle énergie. Le moteur de la veine, peut-être. Et si jusqu'alors, je n'espérais presque plus retrouver ma clé, même si je l'avais perdue sur cette plage où passaient des centaines de personnes, j'avais désormais la certitude que je la récupérerais.

Non seulement je la retrouvai, mais par-dessus le marché, je l'aperçus de loin. La minuscule clé pas plus grande qu'une clé de valise brillait sur le sable à l'endroit où je m'étais dévêtu. Personne ne l'avait vue ni ramassée, ni même ne l'avait enfouie dans le sable. Je la ramassai et lorsque m'étant redressé, je regardai la mer, une sensation imprévue, intraduisible, m'inonda. Je venais d'apercevoir d'un seul coup d'œil l'azur chaud des flots éclairés par le couchant, le visage rieur de la jeune fille qui entrait dans l'eau en se retournant, le sauveteur sur sa barque, ses bras ultra-bronzés reposant sur les rames, le rivage couvert de gens, et tout cela était si tendrement et si distinctement éclairé, il y avait dans cette scène tant de bonté et de sérénité que de félicité mon cœur cessa de battre.

Pas cette félicité dont nous avons conscience quand nous évoquons des souvenirs, mais quelque chose d'autre, de supérieur, d'exceptionnel, celle que nous sentons couler dans nos veines, celle dont nous avons le goût en bouche, tout en étant pratiquement incapables de la traduire ni de l'expliquer.

J'avais l'impression que ces gens avaient rejoint leur mer Noire au prix d'immenses difficultés, qu'ils étaient venus de loin, d'une époque terriblement reculée, qu'ils avaient passé leur vie à cheminer et qu'à présent, la mer était heureuse d'être avec eux et vice-versa.

Cet état aussi bizarre que merveilleux dura quelques minutes avant de s'effacer; non, à vrai dire, c'était seulement sa phase aiguë qui s'était estompée et il m'en restait un arrière-goût, semblable au léger vertige que laisse la première bouffée de tabac de la journée.

Je ne sais d'où vient cet état, tout ce que je puis dire c'est que je l'ai éprouvé bien des fois; pourtant non, à considérer l'ensemble de ma vie, il semble qu'il a été assez rare. C'est surtout dans la solitude qu'il me prend, dans les montagnes, dans la forêt ou en mer. Peut-être est-ce le pressentiment de la vie qui aurait pu être la mienne ou qui le sera : Absorbé par ces méditations, je repris l'autobus et arrivai chez moi en oubliant d'ailleurs de me munir d'un ticket.

Je passai ma soirée à déambuler en ville dans l'espoir de la rencontrer. J'avais une envie folle de la voir, mêlée à une certaine appréhension. Je notai à plusieurs reprises une sensation désagréable au creux de l'estomac, celle que vous éprouvez quand votre avion est ballotté dans un trou d'air; non, ce n'était pas elle.

... Je montai sur l'embarcadère des vedettes et l'aperçus. L'idée ne m'était pas venue, je ne sais pourquoi, de la chercher ici. Elle était presque au même endroit que la veille. Dès que je la vis, je faillis prendre la fuite, mais je me maîtrisai et continuai mon chemin.

J'avançai sur l'embarcadère bien éclairé, elle ne remarquait pas ma présence. Elle semblait plongée dans quelque profonde songerie, je crus comprendre qu'elle ne voulait pas me reconnaître. J'arrivai à sa hauteur, j'étais sur le point de revenir sur mes pas lorsque nos regards se croisèrent. C'est alors qu'elle sourit. Plus exactement, son visage s'illumina d'un éclair de joie.

Telle une bourrasque de vent, ce sourire balaya toute la fatigue et la tension de la journée.

Ce n'est pas si souvent que certaines personnes sont contentes de nous voir, en tout cas aussi souvent que nous le désirerions. Et si cela se produit, elles dissimulent le plus souvent leur plaisir de peur de passer pour sentimentales ou de vexer ceux dont l'apparition les laisse indifférentes. Si bien qu'on ne comprend pas toujours si celle qui vous intéresse est heureuse ou non de vous voir...

... La vedette aborda et nous y montâmes d'un seul élan, comme si nous nous étions concertés d'avance. Je ne me rappelle plus le sujet de notre conversation. Accoudés à la rambarde, nous regardions la mer. Comme l'autre soir, par-dessus la barrière. Mais nous avions à présent l'impression que l'embarcadère s'était détaché du rivage et avait pris le large. Je gardais les yeux fixés sur son visage dont la finesse transparaissait curieusement derrière un hâle prononcé et quelque peu vulgaire.

Elle me dit qu'elle avait soif, nous empruntâmes le couloir étroit et sombre pour gagner le bar à la poupe.

La limonade était glacée et pétillante comme du champagne. Je me rappelai que je n'en avais pas bu depuis longtemps, jamais le champagne ne m'avait paru aussi délicieux que cette limonade.

Par la suite, lorsque je buvais du champagne et que je le trouvais aussi mauvais qu'une limonade éventée, je me remémorais cette soirée et songeais à la sagesse à la fois immense et parcimonieuse de la nature qui tend à l'équilibre puisqu'il faut payer chaque chose à sa juste valeur. Celui qui boit de la limonade qu'il prend pour du champagne devra tôt ou tard boire du champagne qui aura un goût de limonade.

Telle est la logique de la vie, triste mais apparemment nécessaire. Et le fait qu'elle soit nécessaire est sans doute bien plus affligeant que la triste logique de la vie.

*
* *

On a coutume de dire que la goutte d'eau creuse la pierre. C'est d'autant plus vrai lorsqu'il s'agit de Platon Samsonovitch. Déjà la Direction de l'Agriculture avait débloqué des crédits pour l'achat de chèvres tadjikes, déjà Platon Samsonovitch, sans attendre le cours officiel des événements, était entré en correspondance avec les camarades tadjikes, déjà ceux-ci avaient répondu qu'ils avaient entendu parler de notre intéressante initiative, déjà ils avaient convenu de procéder à un échange d'animaux et de réaliser des expériences parallèles, déjà Platon Samsonovitch était allé voir le sélectionneur pour le convaincre de prendre livraison d'un groupe de chèvres tadjikes. C'est alors que l'orage s'abattit sur nos têtes. Et ce, le jour même où Platon Samsonovitch devait rentrer de voyage.

Adoncques, ce jour-là un journal central publia un article qui tournait en ridicule les innovations sans fondement réalisées dans le domaine de l'agriculture. Nous nous faisions tout particulièrement étriller pour « avoir prôné inconsidérément le chèvraurochs », selon les termes de l'auteur. L'article comportait d'ailleurs certaines allusions brumeuses : on pouvait difficilement affirmer que les expériences du savant moscovite fussent concluantes, en tout état de cause, on doutait fort qu'elles fussent géniales.

Nous apprîmes dès le matin l'existence de cet article bien qu'aucun de nous n'eût vu le journal. Les quotidiens centraux nous arrivent dans la soirée ou le lendemain. Mais les nouvelles de ce genre circulent très vite.

Avtandil Avtandilovitch était plus ému que jamais. Il se rendit à plusieurs reprises au comité régional du parti, puis téléphona au comité du district où était allé Platon Samsonovitch. On lui répondit que notre collaborateur avait déjà pris l'autocar pour la ville. L'arrivée était prévue pour trois heures. Le rédacteur en chef convoqua de ce pas une assemblée générale de la rédaction pour cette heure-là.

A trois heures donc, nous étions tous réunis dans le bureau du chef. Comme l'autocar s'arrêtait juste en face du journal, les places situées à côté de la fenêtre étaient, je ne sais trop pourquoi, prises d'assaut, chacun voulait absolument voir Platon Samsonovitch descendre de l'autocar.

Nous étions tous en proie à une excitation nerveuse teintée d'une sorte de joie. En réalité, Platon Samsonovitch était le seul vrai supporter du chèvraurochs et nous comprenions que c'était lui qui allait essuyer le choc. Les autres étaient dans la disposition d'esprit du voyageur qui attend un gros orage bien à l'abri sous un refuge sûr, envahi par un doux sentiment de confort et de sécurité.

Avtandil Avtandilovitch se tenait assis à l'écart de la foule, les yeux fixés dans le vide. Le texte dactylographié de l'article, reçu vraisemblablement par télétype, était posé sur son bureau.

Pour la première fois de sa vie, il avait oublié de fermer son ventilateur et les feuillets du redoutable article frémissaient et bouillonnaient d'impatience sous le tourbillon d'air.

A deux reprises, le chroniqueur se glissa derrière le chef sous le fallacieux prétexte de consulter la carte de notre république placardée derrière son bureau. Et bien que la lecture fût pratiquement impossible sur cette feuille de papier dansante — et par surcroît dans le dos d'Avtandil Avtandilovitch — mes collègues demandaient au chroniqueur par la mimique : raconte un peu ce que tu vois. Il répondait de même : jamais encore on ne s'est fait éreinter d'aussi jolie manière !

Sans un regard, d'un simple geste de la tête, Avtandil Avtandilovitch lui intima l'ordre de regagner sa place.

Enfin l'autocar arriva et tous se précipitèrent à la fenêtre pour assister à la descente de Platon Samsonovitch. Nous étions certains, je ne sais trop pourquoi, qu'il serait le premier à quitter l'autocar; cependant nous vîmes soudain bondir un chien de chasse bientôt suivi de son maître. Une épaisse rangée de cailles s'alignait sur sa ceinture. Il s'éloignait du véhicule d'une démarche à la fois lourde et alerte, comme si la chance l'avait appesanti. Je jalousai douloureusement le chasseur et même son chien.

Une vieille paysanne portant une corbeille pleine de noix descendit à son tour de l'autocar et traversa aussitôt la rue en dehors des clous. L'agent de la circulation siffla, elle se mit à courir répandant ses noix sur son sillage, en prenant bien soin de se diriger vers le trottoir qui l'intéressait.

Platon Samsonovitch fut l'un des derniers à descendre. Il resta planté une seconde auprès de l'autocar, maintenant d'une seule main sa veste négligemment posée sur l'épaule, et prit inopinément la direction opposée au journal.

— Il se taille ! s'écria une voix.

— Comment il se taille ? demanda d'un ton menaçant Avtandil Avtandilovitch.

— Je m'en vais le chercher ! cria le chroniqueur en se ruant vers la porte.

— Surtout ne lui dites rien ! lui lança le Chef.

Debout à la fenêtre, nous suivions des yeux Platon Samsonovitch. Il traversa lentement la rue, sans lâcher sa veste. Arrivé sur le trottoir opposé, il s'approcha sans crier gare d'une buvette qui débitait de l'eau gazeuse.

— Il boit un verre d'eau ! fit une voix étonnée et nous éclatâmes de rire.

Le chroniqueur bondit dans la rue, courut jusqu'au carrefour et examina attentivement les quatre points cardinaux, sa main en visière au-dessus des yeux. Il ne voyait pas Platon Samsonovitch parce qu'un homme s'était approché et le dissimulait. Le chroniqueur resta sur place quelques instants à scruter les environs avec inquiétude, puis pris de panique il traversa la rue à toutes jambes et se dirigea vers la mer. Nous le suivions avec un vif intérêt, il allait passer devant la buvette, mais il regardait droit devant lui avec une telle obstination qu'il ne remarqua même pas Platon Samsonovitch. Il dépassa la buvette, un nouvel éclat de rire retentit. Arrivé là, il se retourna brusquement et leva les bras au ciel, sans doute Platon Samsonovitch l'avait-il interpellé.

Le chroniqueur lui glissa quelques mots et ayant tendu le bras de notre côté, il s'éloigna à pas vifs. Il se savait observé et faisait mine d'avoir adressé la parole à notre collègue par nécessité.

... Lorsque les voyageurs se furent dispersés, le chauffeur du car bondit inopinément dans la rue et se mit à ramasser les noix. Lorsqu'il n'en resta plus une seule, il remonta dans son autocar et démarra.

Enfin, Platon Samsonovitch ouvrit la porte du bureau et entra. Il nous salua tous d'un signe de tête et s'assit sur une chaise. Il avait l'air sombre et absorbé. A la manière qu'il avait eue de s'asseoir, il semblait au courant. Cela n'avait d'ailleurs rien d'impossible, devais-je me dire plus tard.

— Eh bien, comment vous êtes-vous entendu avec le sélectionneur ? demanda Avtandil Avtandilovitch d'une voix imperturbable.

Les lèvres hermétiquement closes de Platon Samsonovitch eurent un rictus.

— Avtandil Avtandilovitch, répondit-il d'une voix sourde et il se leva de son siège d'une drôle de façon, sans se déplier tout à fait, je sais tout...

— Je serais curieux de savoir qui vous l'a dit ? demanda son interlocuteur et il regarda le chroniqueur. Celui-ci se frappa la poitrine du plat de la main et resta figé dans cette pose, résigné à son triste sort.

— Je l'ai entendu ce matin à la radio, expliqua Platon Samsonovitch dans la même posture.

— Une fois de plus, il est le premier, plaisanta lugubrement le rédacteur en chef, en s'efforçant de dissimuler sa déception.

Pendant quelques instants, Avtandil Avtandilovitch regarda Platon Samsonovitch d'un œil réfrigérant, comme si la distance qui les séparait augmentait et qu'il cessait de le reconnaître. J'eus le sentiment que sous ce regard Platon Samsonovitch s'était recroquevillé davantage.

— Asseyez-vous, ordonna Avtandil Avtandilovitch employant le ton dont il usait avec les visiteurs occasionnels.

C'est à ce moment-là qu'il donna lecture de l'article. D'une voix de stentor bien posée. Au fur et à mesure qu'il lisait son teint fonçait et il jetait de temps à autre des regards dans la direction de Platon Samsonovitch.

Au début, il donnait l'impression de révéler à lui-même comme à l'assemblée toutes nos erreurs et déviations. Le timbre de sa voix s'enflait progressivement, nous crûmes soudain que ces erreurs, il les avait découvertes personnellement avec le secours des autres camarades. A la fin de l'article, il s'était si entièrement identifié avec son style, passant brusquement de la colère à la raillerie, qu'il semblait que c'était lui seul, sans le secours des camarades, qui avait le premier remarqué et audacieusement mis à jour toutes nos erreurs.

Nous abordâmes la discussion. Il faut préciser qu'Avtandil Avtandilovitch fit son autocritique. Il déclara que d'un côté il avait essayé de stopper ceux qui prônaient inconsidérément le chèvraurochs et qu'il avait publié dans ce but, quoique dans la rubrique « Rions-nous des incrédules », les notes critiques du zootechnicien; hélas, il avait manqué d'énergie et c'était la raison pour laquelle il endossait une partie de la faute.

Le chroniqueur qui n'arrêtait pas de se tortiller sur son siège prit la parole aussitôt après et rappela que dans son papier consacré au divorcé qui refusait de payer sa pension alimentaire, il avait essayé de critiquer par la bande ceux qui prônaient inconsidérément le chèvraurochs, mais que loin d'avoir écouté sa voix Platon Samsonovitch avait tenté de lui coller une étiquette.

— Une étiquette ? prononça brusquement Platon Samsonovitch, ce après quoi il jeta un regard sinistre sur son accusateur.

— Oui, une étiquette politique ! répéta résolument le chroniqueur et il posa sur Platon Samsonovitch le regard de celui qui vient de briser à jamais le carcan de l'esclavage.

— Vous exagérez, dit d'un ton conciliant Avtandil Avtandilovitch. Il n'aimait pas les généralisations trop larges émises par un autre que lui.

Le rédacteur en chef profita de l'occasion qui s'offrait pour soulever le problème de la situation familiale de Platon Samsonovitch.

— A force de se couper des besoins économiques de nos kolkhozes, il en est arrivé à se couper de sa famille, dit-il en conclusion de son speech, c'est une attitude normale puisqu'il a perdu le critère du vrai et a versé dans la forfanterie.

Après que l'équipe du journal eût soutenu les critiques d'Avtandil Avtandilovitch, celui-ci prit une nouvelle fois la parole pour déclarer qu'il ne fallait cependant pas négliger le fait que Platon Samsonovitch était un journaliste d'âge et d'expérience, et qu'en dépit de ses erreurs, il était prêt à verser la dernière goutte de son sang pour notre cause commune. Là encore, il fut appuyé par ses subordonnés. Une voix s'éleva même pour rappeler le dicton russe : une vieille carne n'abîme pas le sillon.

Le chroniqueur ne put résister au désir de déclarer que les déviations caractérisaient toute l'activité de Platon Samsonovitch. Il rappela que quelques années auparavant, celui-ci avait essayé d'instituer une nouvelle méthode de pêche qui constituait à faire passer des courants de haute fréquence dans l'eau, cela devait, prétendait-il, rassembler les poissons en un même point; en réalité, les poissons avaient fui la baie et risquaient de ne plus reparaître si les expériences s'étaient poursuivies.

— Ce n'est pas cela, vous avez mal compris, voulut expliquer Platon Samsonovitch, mais à ce moment-là chacun se sentit fatigué, personne n'avait envie d'écouter les détails techniques de cette vieille expérience.

Le chef de la Section Propagande fut bombardé chef de la Section Agriculture, on estimait en effet qu'il était doué du flair le plus développé qui soit pour les innovations. Platon Samsonovitch resta dans le service comme simple rédacteur chargé de mettre au courant son nouveau supérieur. On lui infligea un blâme sévère. Le rédacteur en chef consentit à ne pas aller plus loin à la condition expresse qu'il réintégrerait le domicile conjugal et qu'il s'inscrirait à l'université du soir dès la prochaine année scolaire. Platon Samsonovitch n'était en effet pas diplômé de l'enseignement supérieur.

— Reprenez donc cette corne de chèvraurochs, déclara Avtandil Avtandilovitch après que nous fûmes tous levés.

— La corne ? reprit comme un écho Platon Samsonovitch et je remarquai les soubresauts convulsifs de sa pomme d'Adam sur son cou décharné.

— Oui, la corne, répéta Avtandil Avtandilovitch, je ne veux plus la voir.

Lorsque Platon Samsonovitch quitta le journal portant la corne enveloppée dans un journal, j'eus soudain le cœur serré. Je l'imaginais rentrant dans son logis solitaire, avec sa corne solitaire (unique vestige d'une grande idée). Mais que pouvais-je donc faire en vérité ? J'étais hors d'état de le consoler si tant est que ce fût possible.

L'article du journal central fut reproduit dans les *Subtropiques rouges*, le passage qui évoquait ceux qui prônaient inconsidérément le chèvraurochs était composé en italiques avec entre parenthèses cette mention : « italiques de la rédaction ». Le même numéro publiait un éditorial intitulé « A force de prôner inconsidérément le chèvraurochs » qui portait un jugement critique sur l'ensemble du travail du journal, notamment de la Section Agriculture.

Il mentionnait également certains conférenciers qui sans s'être donné la peine d'analyser suffisamment cette nouvelle entreprise s'étaient faits étourdiment les propagandistes d'une expérience peu poussée.

Ce passage faisait évidemment allusion à Vakhtang Botchoi. On n'osa toutefois pas parler de lui en clair, parce qu'une semaine auparavant il avait fait don au Musée régional d'une précieuse collection de minéraux du Caucase.

Il s'était bien entendu arrangé pour que cette donation ne demeurât pas inconnue. Il avait téléphoné au journal pour demander qu'on envoie quelqu'un à la cérémonie. On y avait dépêché un photo-reporter qui fixa pour l'éternité cette grande scène : Vakhtang remettait, avec la mine du pirate repenti, ses trésors au timide directeur du musée.

De ce fait, il devenait inconvenant de citer son nom dans le journal juste une semaine après ce triomphe de l'amitié et du désintéressement.

Les numéros suivants insérèrent des réponses organisées à la critique du chèvraurochs. Un de nos journalistes se rendit même chez le zootechnicien têtu pour lui demander un grand papier contre la chèvraurochsisation de l'élevage. Mais ledit zootechnicien resta fidèle à lui-même et refusa net, déclarant qu'à présent la chose ne l'intéressait plus.

Après la parution de l'article, la rédaction fut assaillie d'une avalanche de coups de téléphone. La Direction du commerce de détail voulait savoir ce qu'elle devait faire de la buvette appelée « A l'Abreuvoir du Chèvraurochs ». On nous annonça également que certains kolkhozes commençaient à envoyer les chèvraurochs à l'abattoir. Nous expliquâmes derechef qu'il ne convenait pas de se lancer d'un extrême à l'autre, mais qu'il fallait intégrer les chèvraurochs dans les troupeaux au même titre que les autres bêtes.

C'est dans ce but qu'Avtandil Avtandilovitch, ayant consulté au préalable l'équipe du journal, proposa aux camarades de la Direction du commerce de ne pas supprimer la totalité de l'enseigne mais d'en corriger les deux derniers mots, cela donnait « A l'Abreuvoir de l'Aurochs » appellation qui avait à mon avis une consonnance encore plus romantique.

L'enseigne fut donc rapidement rectifiée, toutefois pendant un mois entier, l'ancienne dénomination étincela toutes les nuits sur le faîte de la buvette, clignotant impudemment de ses multiples ampoules électriques.

Le jour, les aurochs venaient à l'abreuvoir, tandis que la nuit, les chèvraurochs poursuivaient leurs noirs desseins.

Certains intellectuels de la région allaient exprès contempler nuitamment l'enseigne électrique. Ils y trouvaient une sorte d'allusion libérale qui s'opposait à je ne sais trop quoi en même temps que la preuve de l'obstination tenace des esprits dogmatiques.

Un soir que j'entrais dans le café, j'aperçus un petit groupe de ces libres penseurs rassemblés discrètement mais non sans gravité en face de la buvette.

— Ce n'est pas si simple que ça, disait l'un d'eux en désignant l'enseigne d'un léger signe de tête.

— Vous me cracherez dans les yeux si jamais les choses se terminent de manière aussi simple, renchérit un second.

— Mes amis, interrompit une voix raisonnable, tout cela est juste, néanmoins, il vaut mieux ne pas trop regarder cette enseigne. Un coup d'œil et vous passez. Un coup d'œil et vous poursuivez votre chemin.

— Et pourquoi donc ? répliqua le premier. Je la regarderai si ça me chante. Les temps ont changé.

— D'accord, mais nous risquons d'être mal compris, répondit l'intellectuel raisonnable en examinant les environs.

M'ayant avisé, il s'interrompit sur-le-champ et précisa :

— J'étais en train de dire que la critique est intervenue en temps utile.

Alors, tous comme un seul homme, ils regardèrent dans ma direction, après quoi le groupe s'engouffra dans le café en discutant d'une voix étouffée et en gesticulant bruyamment.

Un jour, je reçus un coup de téléphone personnel du directeur de la Philharmonie; il me demandait ce qu'il devait faire de la chanson du chèvraurochs qui figurait au répertoire du chœur de la Manufacture de tabac ainsi que de quelques solistes.

— Vous comprenez, disait-il, l'air de s'excuser, c'est que j'ai mon plan financier et que cette chanson jouit d'un grand succès, bien qu'elle ne soit pas véritablement saine, comme je viens de le comprendre, malgré cela...

Je décidai qu'il ne serait pas mauvais de prendre conseil d'Avtandil Avtandilovitch sur cette épineuse question.

— Attendez, dis-je à mon interlocuteur, et j'allai consulter mon rédacteur en chef.

Avtandil Avtandilovitch m'écouta et dit qu'à l'heure actuelle il ne saurait être question que le chœur interprétât cette chanson.

— D'ailleurs le chœur de la Manufacture de tabac n'est que de la frime, ajouta-t-il à brûle-pourpoint. Par contre, je pense que les solistes peuvent l'interpréter, à condition de donner un sens juste aux paroles. Bref, conclut-il en appuyant sur le bouton de son ventilateur, l'essentiel aujourd'hui est de ne pas tomber d'un extrême à l'autre. Je te charge de le leur expliquer.

Je répétai le sens général de cet entretien au grand patron de la Philharmonie, ce après quoi, me sembla-t-il, il raccrocha pensivement.

Ce jour-là, Platon Samsonovitch ne vint pas au travail, le lendemain ce fut sa femme qui entra directement dans le bureau du rédacteur en chef. Quelques instants plus tard, celui-ci convoquait le président du comité syndical qui nous raconta un peu plus tard l'entrevue : Platon Samsonovitch était tombé malade : troubles nerveux causés par le surmenage ou surmenage causé par les troubles nerveux, il ne savait pas trop au juste. Dès qu'elle avait entendu dire qu'on critiquait les chèvraurochs, l'épouse de Platon Samsonovitch s'était rendue dans son logement solitaire et l'avait trouvé au lit. Ils s'étaient réconciliés pour de bon, il laissait son nouvel appartement aux enfants et reprenait la vie commune.

— Vous voyez bien, lui déclara Avtandil Avtandilovitch d'un ton sentencieux, qu'une saine critique renforce la famille.

— Peut-être que la critique est saine, répondit-elle, mais tout ce que je sais, c'est que mon homme est rudement mal fichu !

— Nous allons lui venir en aide, assura Avtandil Avtandilovitch et il ordonna au président du comité syndical de lui réserver sur-le-champ une place dans une maison de repos.

Par une curieuse ironie du sort, ou peut-être du président du comité syndical, Platon Samsonovitch fut envoyé à la montagne dans l'établissement qui portait jusque-là le nom de « Maison du Chèvraurochs ». C'était au demeurant un des meilleurs centres de notre république et les places y étaient plutôt rares.

Deux semaines plus tard, alors que les dernières salves de la contre-propagande s'étaient tues, que l'invasion des chèvraurochs avait été entièrement réprimée et que les spécimens dispersés étaient entrés, matés, dans les troupeaux kolkhoziens, la conférence régionale des travailleurs agricoles d'avant-garde se tint dans notre ville. Ceci parce qui notre république dépassait le plan de récolte du thé, production de base dans notre contrée. Le kolkhoze d'Illarion Maximovitch figurait parmi les meilleurs de la région.

Je le vis en chair et en os lors de l'interruption de séance, attablé dans le bar de la salle des congrès avec l'agronome et la jeune Gogola. Elle mangeait un gâteau tout en détaillant les clientes du bar. Le président et l'agronome s'humectaient le gosier de bière.

La veille, notre journal avait publié un reportage sur les planteurs de thé d'Orékhévy Klioutch. Cela m'autorisait à m'approcher hardiment d'eux. Nous procédâmes aux salutations d'usage et je m'assis à leur table.

L'agronome avait la même tête que d'habitude. Le président arborait une expression de gravité railleuse. C'est cette mine qu'affectent les paysans lorsqu'ils écoutent par simple déférence les considérations des citadins sur l'agriculture. Une flamme venait animer son regard chaque fois qu'il s'adressait à Gogola.

— Encore un gâteau, Gogola ?

— Non merci, répondit-elle distraitement en examinant les toilettes des femmes qui entraient et sortaient.

— Prends-en un, va, un seul ! insistait le président.

— Je ne veux pas de gâteau, je veux de la loumanade, céda-t-elle enfin.

— Une bouteille de loumanade, commanda Illarion Maximovitch.

— Vous êtes heureux que le chèvraurochs ait été sacqué ? lui demandai-je tandis qu'il remplissait les verres de bière.

— Une excellente initiative, convint-il, j'ai seulement peur d'une chose.

— Peur de quoi ? demandai-je en le regardant.

Il vida son verre et ne répondit qu'après l'avoir reposé sur la table.

— Si le chèvraurochs a été sacqué, dit-il d'une voix pensive comme s'il plongeait ses regards dans l'avenir, cela signifie qu'on lancera quelque chose d'autre, or dans nos conditions climatiques...

— Je sais, l'interrompis-je, dans vos conditions climatiques cela ne vous conviendra pas.

— Juste ! confirma Illarion Maximovitch et il me regarda d'un air grave.

— Je crois que vous avez tort, lui dis-je en m'efforçant de parler avec assurance.

— Que le ciel vous entende ! répondit-il en allongeant les syllabes. Si le chèvraurochs a été sacqué, il y aura sûrement quelque chose de nouveau; quoi, je n'en sais rien pour l'instant.

— Et où est le vôtre ?

— Dans le troupeau, avec les autres bêtes, dit le président comme s'il parlait d'une chose distante qui ne présentait dorénavant aucun danger.

La sonnerie retentit, nous nous dirigeâmes vers la salle. Je leur fis mes adieux et restai à la porte. Je voulais écouter le programme artistique et rentrer à toute vitesse pour pondre mon papier.

Le premier numéro fut celui du groupe Pat Pataraï. Comme chaque fois, les danseurs caucasiens lestes et légers firent l'objet de tumultueuses ovations.

Le public les bissa à plusieurs reprises, Pat Pataraï en personne, fluet, avec sa démarche élastique de vieux danseur, vint saluer la salle avec sa troupe. Plus les applaudissements crépitaient, plus son teint devenait basané, en fin de compte, il consentit à exécuter son « envol à genoux » qui, dès les années trente, lui avaient acquis la célébrité.

Ayant pris un fantastique élan, il bondit sur le

plateau et dégringolant sur ses genoux, il glissa par la bissectrice en direction de la loge officielle, écartant largement les bras et rejetant fièrement la tête en arrière. Au tout dernier instant, alors que, le souffle coupé, le public s'attendait à le voir basculer dans la fosse d'orchestre, il sauta sur ses jambes tel un ressort relâché et tournoya comme une trombe noire.

L'assistance était déchaînée.

— Le trio de joueuses de *tchoungouri*[1] va vous interpréter à présent une chanson sans paroles, annonça la présentatrice.

Trois charmantes demoiselles en longue robe blanche, coiffées d'un fichu, parurent sur la scène brillamment illuminée. Elles s'assirent timidement sur leur chaise et commencèrent à accorder leur instrument en s'entreregardant d'un air résigné. Puis au signal de l'une d'elles, elles attaquèrent leur morceau, au bout d'un instant, elles reprirent la mélodie en fredonnant à la manière des vieilles chansons de montagnards.

Je crus reconnaître l'air; je devinai soudain qu'il s'agissait de l'ex-chanson du chèvraurochs, à cette différence près que le rythme en était changé, ralenti. Un murmure parcourut la salle : le public l'avait identifiée à son tour. Je me penchai pour regarder en direction d'Illarion Maximovitch. Son gros visage avait toujours son expression de gravité railleuse. Je crois bien qu'il arrivait en ville avec cette mine et qu'il la gardait durant tout son séjour.

1. *Tchoungouri :* instrument géorgien à corde et à archet. (*N.d.T.*)

Tenant sa jolie tête toute droite Gogola était hypnotisée par la scène. L'agronome endormi s'était pesamment carré dans son fauteuil et il somnolait comme Koutouzov au conseil de guerre.

Le trio fut encore plus applaudi que Pat Pataraï. Il dut bisser la chanson sans paroles dans laquelle l'ensemble de l'assistance goûtait l'attrait du fruit défendu.

Combien ce fruit était amer, nul ne le savait mieux que ceux qui étaient présents dans cette salle; s'ils étaient tous satisfaits qu'il fût défendu, ils avaient plaisir à le déguster, puisque telle est la nature humaine et qu'on n'y pourra rien changer.

*
* *

La vie du journal avait repris son train-train habituel. Platon Samsonovitch rentra complètement guéri de la maison de repos. Le lendemain même, il m'invitait à une partie de pêche. C'est bien entendu avec joie que j'acceptai cette flatteuse proposition.

J'ai déjà expliqué que Platon Samsonovitch est un des pêcheurs les plus calés de notre littoral. Si le poisson ne mord pas à un endroit, il dit :

— J'en connais un autre...

Et moi de ramer jusqu'à ce nouvel endroit. Si le poisson ne mord pas davantage, il dit :

— Je connais un tout autre endroit...

Et moi de ramer jusqu'à ce tout autre endroit. Mais si là encore le poisson se refuse à mordre, il s'allonge à la proue et dit :

— Rame en direction de la côte, le poisson est descendu au fond.

Et moi de ramer en direction de la côte, parce qu'en mer les instructions de Platon Samsonovitch ont force de loi.

Mais cela n'arrivait que rarement. Cette fois encore la pêche fut excellente, surtout pour Platon Samsonovitch, l'as des pêcheurs, qui lançait à la fois dix fils qu'il attachait à des lignes flexibles. Les lignes pointaient au-dessus du bordage tandis qu'il surveillait les bouchons et s'arrangeait pour ne jamais embrouiller ses fils. Lorsqu'il les soulevait légèrement comme pour écouter ce qui se passait au fond, il avait tout l'air de diriger un fabuleux pupitre de commande ou de gouverner un royaume aquatique.

Nous gagnâmes l'embouchure d'une petite rivière, attachâmes notre barque à l'embarcadère et montâmes sur la berge : j'examinai une dernière fois avec une vive jalousie les prises de Platon Samsonovitch. En plus du tout venant, le coq de mer, roi de la Mer Noire, que je n'avais pas attrapé une seule fois, frétillait dans son épuisette.

— Non seulement vous êtes un virtuose, mais par-dessus le marché vous avez du pot !

— Soit dit en passant, dans les montagnes, j'ai fait une découverte intéressante en allant à la pêche, répondit-il, au bout d'un instant de silence.

Nous marchions sur le bord de mer, longeant le parapet. Lui portant sa lourde épuisette pleine à craquer de poissons humides, moi, mes minuscules prises enveloppées dans un filet.

— Quelle découverte ? fis-je sans manifester d'intérêt particulier.

— Tu comprends, comme je cherchais des coins à truite dans le haut Kodor, je suis tombé sur une caverne fantastique...

Un je ne sais quoi dans son intonation me mit sur mes gardes. Je regardai furtivement ses yeux où j'entrevis cette lueur désagréable que je ne connaissais que trop.

— Des cavernes comme cela, il y en a des milliers dans les montagnes, l'interrompis-je durement.

— Celle-ci n'a rien à voir avec les autres, répondit-il d'une voix rapide et ardente, et aussitôt ses yeux jetèrent des éclairs secs et déplaisants, elle offre une floraison originale de stalactites et de stalagmites... J'ai rapporté une pleine valise d'échantillons...

— Et alors ? demandai-je en prenant mes distances pour parer à toute éventualité.

— Il faudrait y intéresser les camarades haut-placés... Ce n'est pas une caverne, c'est un palais souterrain, Shéhérazade...

Je fixai son visage rajeuni et je compris que désormais les forces qu'il avait reprises dans les montagnes seraient vouées à cette caverne.

— Des cavernes comme cela, il y en a des milliers dans les montagnes, répétai-je avec obstination.

— Si l'on aménageait une route suspendue, les touristes pourraient aller dans ce palais souterrain à la descente même du bateau et admirer chemin faisant le delta du Kodor et les monts environnants...

— Cela fait dans les cent kilomètres, où trouverez-vous des crédits suffisants ?

— L'entreprise est rentable ! Immédiatement, m'interrompit-il tout joyeux, et jetant son épuisette sur le parapet, il poursuivit :

— Les touristes du monde entier afflueront par milliers. Droit du bateau à la caverne...

— Sans compter qu'un seul berger suffira pour garder deux mille chèvraurochs, lançai-je pour tenter de faire une astuce.

— Quelle idée de parler des chèvraurochs ! répliqua Platon Samsonovitch, éberlué. Actuellement, le tourisme est encouragé. Sais-tu qu'un pays comme l'Italie vit grâce aux touristes ?

— C'est bon, moi, je vais prendre un petit café, vous, vous faites comme vous voulez.

— Attends ! me cria-t-il aussitôt.

Je sentis qu'il m'entraînait dans quelque sombre affaire et je ne voulais pas me laisser faire.

— Tu comprends, c'est que j'ai déposé la valise aux échantillons à la consigne, me dit-il d'un ton timoré.

— Je ne comprends pas, fis-je d'une voix indifférente.

— Tu sais bien, voyons, que si ma femme aperçoit ces stalactites et ces stalagmites, elle va se mettre à me tanner...

— Que dois-je faire ? demandai-je commençant à subodorer le véritable motif de cette partie de pêche.

— Nous irons tous les deux retirer la valise. Je te la laisserai pour un certain temps...

Traverser la ville d'un bout à l'autre tout de suite après la virée et en mer et la pêche...

— Bon, dis-je, mais seulement demain. J'espère que vos stalactites ne se seront pas gâtées jusque-là ?

— Que dis-tu ! s'exclama-t-il, mais elles se gardent des milliers d'années, mes échantillons ont des couleurs d'une exceptionnelle originalité. Tu verras demain.

— Bon, très bien, à demain !

— Au revoir, bredouilla-t-il d'une voix pensive et il souleva d'un geste négligent son épuisette somptueusement garnie.

Je n'avais pas sitôt fait quelques pas qu'à nouveau il m'interpellait. Je me retournai.

— Promets-moi le silence jusqu'à nouvel ordre, me recommanda-t-il en posant le doigt sur les lèvres.

— Bien, répondis-je en me dirigeant rapidement vers le café.

La soirée était d'un calme merveilleux, comme souvent au début de l'automne dans nos contrées. Le soleil s'enfonçait lentement dans les eaux; du côté du couchant, la baie étincelait d'or et de flammes, tandis qu'elle s'éteignait graduellement à l'est en prenant des tons mauvais puis cendrés; à l'horizon, l'eau et le rivage avaient déjà sombré dans une brume bleutée.

Je songeais à Platon Samsonovitch. Notre époque a créé un type curieux de novateurs ou d'inventeurs ou d'entrepreneurs, peu importe le nom, qui sont capables de faire fiasco un tas de fois sans se ruiner de fond en comble étant donné qu'ils sont financés par l'Etat. C'est la raison pour laquelle leur enthousiasme est pratiquement inépuisable.

L'établissement étant bondé d'habitués : vieux Abkhaziens qui sirotaient leur café prudemment, par petites gorgées, en savourant sans se presser leurs souvenirs. Dans un coin, devant des tables rapprochées, quelques adolescents gaspillaient bruyamment et sans objet leurs jeunes années.

Je pris place à une table et accrochai mon filet au dossier de ma chaise.

— Sucré ou normal ? me demanda le garçon en inclinant sa tête de pacificateur oriental brûlée par le soleil et le café. Il examina quelques instants avec plaisir le produit de ma pêche.

— Normal, répondis-je par habitude.

Après l'air du large et mes efforts aux avirons, j'éprouvais un plaisant vertige, et je me disais qu'il n'existait rien de meilleur au monde qu'une bonne tasse de café turc brûlant avec une peau marron flottant à la surface.

C'est ainsi que je veux achever la véridique histoire du chèvraurochs; je suis fermement décidé à ne rien dire de la jeune personne dont j'ai fait la connaissance sur l'embarcadère, abordage pour lequel j'ai déployé pas mal d'adresse et de maîtrise de soi. Premièrement, parce qu'une fois les vacances finies, elle a repris le chemin de l'école, et deuxièmement, parce qu'il s'agit là d'une tout autre histoire qui, je l'espère, n'a strictement aucun rapport avec les chèvraurochs.

La nuit méridionale était tombée très vite. Je scrutai le ciel essayant d'y distinguer la Constellation qui m'avait l'autre soir fait penser à la tête du chèvraurochs; malgré tous mes efforts, je ne parvins pas à la retrouver. Parmi les nombreuses constellations celle du chèvraurochs était invisible.

Je vidai le contenu de la petite tasse brûlante et fumante. Chaque fois que je la portais à ma bouche et que mes lèvres aspiraient une gorgée de l'épais et amer liquide, je sentais contre mon coude le contact prudent de mon filet.

Comme si mon chien était assis sur son séant, derrière moi, et me rappelait discrètement sa présence en m'enfonçant dans le coude son museau froid et humide. Que ce contact m'était agréable ! Je restai dans la même position jusqu'à ce que j'eus vidé ma tasse.

*Achevé d'imprimer en mars 1990*
*sur presse CAMERON*
*dans les ateliers de la S.E.P.C.*
*à Saint-Amand-Montrond (Cher)*
*pour le compte des Éditions Messidor*
*146, rue Faubourg-Poissonnière, 75010 Paris*

N° d'édition : 2930.
N° d'impression : 660.
Dépôt légal : mars 1990.
390074N1